司馬遼太郎『街道をゆく』

用語解説
詳細地図付き

本所深川散歩

全文掲載
中高生から
大人まで

朝日新聞出版

司馬遼太郎『街道をゆく』〈用語解説・詳細地図付き〉

本所深川散歩

目次

装幀　芦澤泰偉
地図　谷口正孝
編集協力　榎本事務所

司馬遼太郎『街道をゆく』〈用語解説・詳細地図付き〉

本所深川散歩

深川木場《ふかがわきば》

世界の首都で、江戸ほど火事の多かった都市はない。

自然、材木問屋がもうかった。

近代以前では材木問屋は巨大資本というべきものだったから、その根拠地である深川という土地の存在は大きかった。

まず、材木問屋の当主たちの寄合《よりあい》の場として当然ながら色町が発達した。

材木商は人足★1をふんだんに使って、いわば男くさい商売だった。

旦那衆はともかく、木場★2で働く男たちのあいだでは、気っぷが重んじられた。

自然、色町の側もその風《ふう》に染まり、女たちも、俠気《きょうき》を誇るようになった。

「辰巳《たつみ》芸者」

などと、よばれた。江戸の代表的遊里である吉原が北里《ほくり》とよばれるのに対し、南東《たつみ》とよばれたところから出たらしい。

屋形船に乗って、隅田川を取材中の司馬さん

★1 土木工事や荷物の運搬などの力仕事を行う労働者。
★2 伐採した木を集めておく場所。

江戸時代、羽織は男しか着ないものであったのを、深川芸者は女ながらも羽織を着たから、〝羽織芸者〟ともよばれた。一種の男装だった。

その男装にふさわしく、その気風は勇肌《いさみはだ》★3で、

「きゃん」

とよばれた。俠《きょう》のことである。キャンというのは福建音《ふっけんおん》★4かとおもわれるが、おそらく長崎で通商する清国《シンこく》商人が、長崎丸山の遊廓あたりで、勇肌の芸者をそのようによんだところから帰化したことばにちがいない。

江戸で定着し、とくに深川芸者の心意気をあらわすことばとして多用された。

きゃんは、はじめは男女いずれにも通用することばだったようだが、江戸中期の安永年間（一七七二〜八一）ごろから、男については、

「いなせ」

といった。

女については、接頭語の〝お〟をつけて、おきゃんとよぶようになった。〝お〟がつくと、いかにも娘らしくて、気っぷがそのまま色気と背中あわせになっているように響く。むろん下町にかぎられた形容である。

明治になってもこのことばは生きていて、『日本国語大辞典』の「おきゃん」の項に

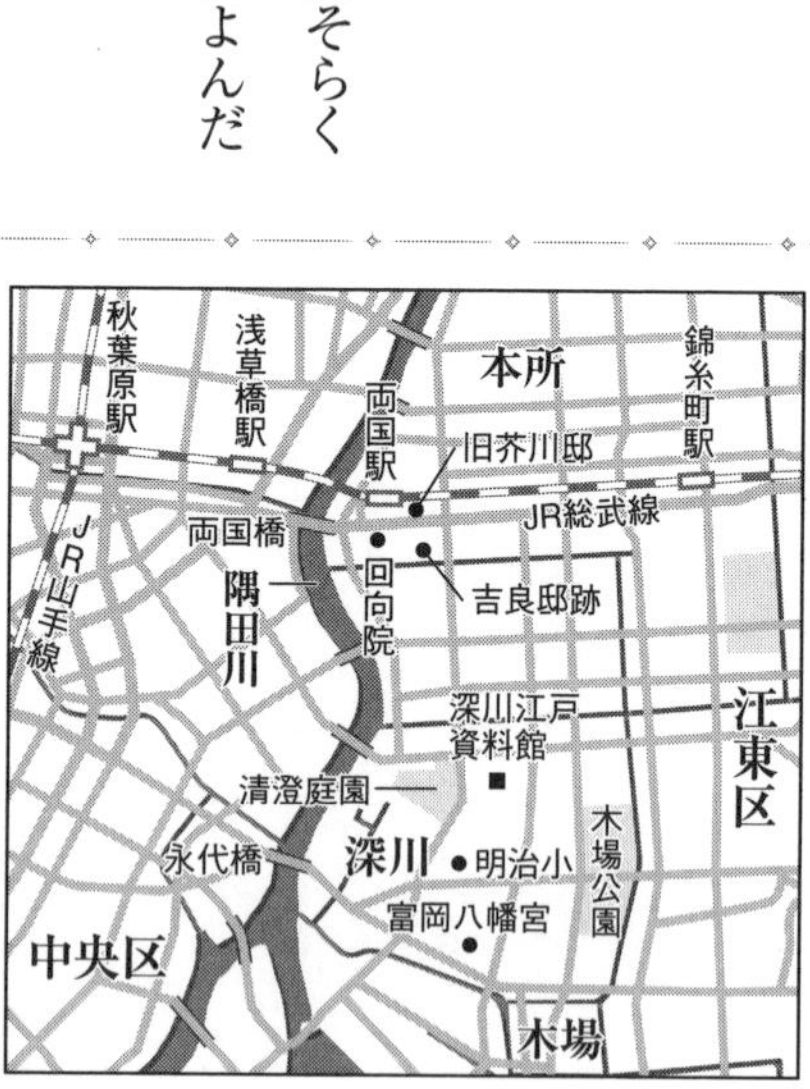

『本所深川散歩』の舞台

★3 威勢が良く、男気のある気風。任俠《にんきょう》の風。

★4 中国南東部の福建省や、台湾を中心とした中国語の方言。

★5 ひぐち・いちよう＝明治時代の小説家、歌人。作家活動を始め

は、樋口一葉[★5]（一八七二〜九六）の『たけくらべ』[★6]（明治二十九年）での使用例が出ている。

今にお俠《キャン》の本性は現れまする。

もっとも『たけくらべ』の舞台は深川ではなく、吉原裏である。

おきゃんは、ヅケヅケと物をいうものの、自分の利益とは無縁で、相手の立場を思いやるあまりの率直な言動と解していい。ただし一葉におけるこの用例の場合は、〝いまに下町育ちの地金《じがね》が出るよ〟という程度の、かるい否定的発想から出ている。

夏目漱石[★7]（一八六七〜一九一六）の『坊っちゃん』[★8]にも、用例がある。江戸っ子の〝坊っちゃん〟が、伊予《いよ》[★9]松山という〝大田舎〟で悪戦苦闘するはなしながら、教頭の赤シャツらのあこがれる〝マドンナ〟嬢が、存外おきゃんじゃないか、というのである。

マドンナも余っ程気の知れないおきゃんだ。

一葉にせよ漱石にせよ、江戸っ子だからこそおきゃんという言葉が地《ち》について使えるわけで、森鷗外[★10]（一八六二〜一九二二）が使えばぎこちないに相違ない。

てからわずか一年あまりで病没。代表作に『にごりえ』『十三夜』など。

★6 遊女になることが定められた少女美登利《みどり》と、寺の跡取りとなる少年信如《しんにょ》の、思春期の幼い恋を描く。

★7 なつめ・そうせき＝明治〜大正時代の小説家。イギリス留学から帰国後、朝日新聞の専属作家となり、日本文学の巨匠となった。代表作に『吾輩《わがはい》は猫である』『こゝろ』など。

★8 明治三十九（一九〇六）年に俳句雑誌「ホトトギス」で発表された漱石の代表作のひとつ。

★9 現在の愛媛《えひめ》県松山市。

★10 もり・おうがい＝明治〜大正時代の小説家。軍医として働くかたわら、作品を執筆した。評論や翻訳など、その活動は幅広い。代表作に『舞姫』など。

おなじ江戸うまれといっても、幸田露伴《こうだろはん》★11（一八六七〜一九四七）は下級ながらも幕臣の出だった。だから、露伴の文体のなかに、おきゃんという言葉を挿入するのは困難である。

以上は、前口上のようなものである。

『街道をゆく』で東京をとりあげようとおもったものの、ひろい東京のなかで、小さな一区画を切りとるについては、ずいぶん思案した。結局、「本所《ほんじょ》深川」ということにした。

とりあえず江戸っ子の産地じゃないか、とおもったのだが、本当にそうなのかどうか。なにしろ、東京というのは〝気質文化〟において、なかなかうるさいところなのである。

「本所深川が、江戸っ子の産地ですか」

と、試みに浅草うまれのひとにきいてみると、

「はてね」

と、くびをかしげた。

むろん、山の手うまれの人などは、

「隅田川の東（本所深川）というのは、気分として遠くてね」

★11　明治〜昭和期の小説家。同時代の作家尾崎紅葉《おざきこうよう》と人気を分かち、「紅露《こうろ》時代」と呼ばれる時期を築く。代表作に『五重塔』など。

という。江東（隅田川の東岸）は御府内《ごふない》（将軍のお膝元）といえますかどうか、などと古風なことをいう。

大会社の社長付の運転手さんなどは、本所深川に昏《くら》くて、という。

「用がありませんのでね」

そんなふうだったから、他国者の当方としては、ついこの地に肩入れしてみたくなった。

江戸は、材木の大消費地だった。

ところが、関東は一望の平野で、杉・檜《ひのき》の山林に乏しいために、江戸の用材は海上からやってくる移入材にたよらねばならなかった。

関東でも、上州《じょうしゅう》[★12]の一部や秩父[★13]に木があるが、主な産地というと、東海地方から熊野（和歌山県）あたりになる。それらが船に積まれ、太平洋を帆走して江戸に運ばれてきたのである。

もっとも、家康による江戸開府早々から深川が木場だったわけではなく、もとは日本橋材木町[★14]にあった。

関ケ原の戦い（一六〇〇）で家康が天下をとると、江戸が天下の中心になり、なによりもさきに江戸城が増改築されねばならなかった。

★12 上野国《こうずけのくに》（現在の群馬県）の別称。
★13 ちちぶ＝埼玉県西部地方。
★14 現在の東京都中央区日本橋の一部。

このため多量の材木が要った。

当然ながら、材木商は地もとの江戸っ子ではなかった。駿河《するが》★15、遠江《とおとうみ》★16、三河《みかわ》★17、尾張《おわり》★18、伊《い》★19勢《せ》、紀伊★20の商人たちで、慶長十一（一六〇六）年、江戸城の増改築がおわると、幕府はかれらに、

「御府内材木商」

という名称と特権をあたえた。日本橋材木町時代のことである。

その後、大火が多かった。

やがて、木材置場に火が飛ぶと、火災の規模が大きくなるため、木場が日本橋から、隅田川のむこうの深川に移された。

深川に移されたのは江戸初期の延宝年中（一六七三〜八一）のことである。

低湿地だから、掘割《ほりわり》★21をたくさん掘って、その残土で地のかさあげをした。海から入った筏《いかだ》が掘割にひき入れられ、河岸で立てならべられる。ともかくも、江戸の第一期の繁栄期である元禄時代★22（一六八八〜一七〇四）には、深川木場は大いににぎわった。

とくに江戸中期までは経済社会の密度も粗《あら》かったから、巨利を得る者が多く、ときににわか成金《なりきん》★23も出た。

そういう者が、色町で財を散じた。色町では、大づかみで散財してくれる者を〝お大《だい》

★15 現在の静岡県中東部。
★16 現在の静岡県西部。
★17 現在の愛知県東部。
★18 現在の愛知県西部。
★19 現在の三重県東部。
★20 現在の和歌山県、および三重県南部の一部。
★21 地面を掘って作られた水路。
★22 江戸時代中期の、五代将軍徳川綱吉《つなよし》が治めていた時代を指す。貨幣経済が浸透して都市生活の向上とともに、商人が台頭した。
★23 短期間で急に金持ちになること。また、その人。

尽《じん》〟とよび、下にもおかぬもてなしをした。十七世紀の紀州《きしゅう》★24人で、紀伊国屋文左衛門《きのくにやぶんざえもん》などは、その代表だったろう。

略して〝紀文〟とよばれたこの人物は、材木商として巨利を博した。かれのあそびの豪儀さを讃美して、二朱判吉兵衛《にしゅばんきちべえ》という幇間《たいこもち》★25が、「大尽舞《だいじんまい》」という囃子舞《はやしまい》をつくって大いにひろめた。歌詞は、まことにばかばかしい。

　そもそもお客の始まりは、高麗《こま》もろこしは存ぜねど、今日本《にっぽん》にかくれなき、紀ノ国文左でとどめたり

紀文とならんでにわか分限《ぶげん》★26になったのが、通称〝奈良茂《ならも》〟とよばれた奈良屋茂左衛門《ならやもざえもん》だった。

奈良茂は、深川の裏店《うらだな》★27にすんでいた木場人足の子としてうまれた。少年のころから利発《りはつ》で、界隈《かいわい》ではめずらしく読み書きに長じていたという。

はじめ宇野という材木問屋に奉公して商いのことを見習い、二十七、八で暇をとって独立した。といって、問屋は免許制だからそうそう店をひらけるわけでもなく、わずかな丸太や竹などを扱っていた。

さきの紀文が上野寛永寺★28の中堂の普請《ふしん》★29でもって財をなしたといわれるが、奈良茂が頭

★24 紀伊の別称。

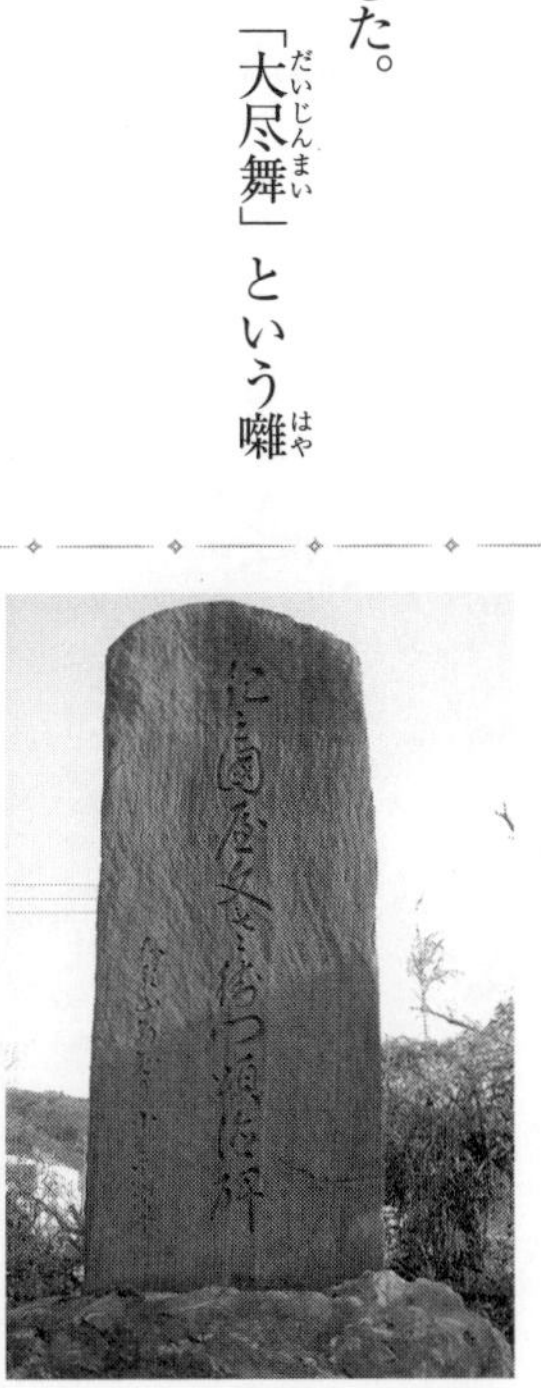

紀伊国屋文左衛門船出の碑（和歌山県海南市）

★25 宴席で座興をつとめ、客を楽しませる男の芸者。

★26 財力があること。金持ち。

★27 江戸時代に、表通りに面して建てられた表店《おもてだな》に対し、裏通りに面して建てられた粗末な家屋をいう。

★28 東京都台東区《たいとう》上野にある天台宗の寺。徳川将軍家の菩提所《ぼだいしょ》。

★29 家などを建築したり、修理したりすること。

をもたげたきっかけは、[★30]日光山東照宮の普請だった。

東照宮の用材は、当然ながら檜の無節《むぶし》の良材であるべきだった。

入札《にゅうさつ》にあたって、巨商のあいだで、こんにちでいう〝談合〟がおこなわれた。ところが檜材をあつかう最大の大手は茅場町《かやばちょう》の柏木《かしわぎ》太左衛門で、在庫も豊富で、業界に圧倒的な発言力もあった。柏木はひそかに入札者たちと話しあい、とほうもない高値をつけた。

が、奈良茂ひとりがこの談合に参加せず、入札にあたっては穏当な値をつけた。ふたをあけてみると、他の値の半分ちかかった。このために、奈良茂に落ちた。もっとも、落ちたところで、奈良茂には檜材が一本もない。

このはなしに、

「奉行」

という役名が登場する。材木奉行だったろう。

材木奉行は、建築を担当する作事奉行[★31]の下に属し、役高三、四百石の官職だった。入札を監督するのは、この職の者であった。

奈良茂のずるさは、この談合が刑事事件に発展することを見込んでいたことである。

むしろそのように〝構想〟し、あえて低く入札し、落札した。

落札してから、柏木方に買いに行った。応対に出た手代[★32]に、自分が落札した値に見合うほどの値で売ってほしい、といった。

★30 栃木県日光市にある徳川家康を祀《まつ》る神社。

★31 さくじぶぎょう＝江戸幕府の職名。殿舎や社寺の造営、修理といった土木作業をつかさどる。

★32 てだい＝商家における奉公人。丁稚《でっち》、子ども、若衆を経て、一人前となったものを指す。

柏木の手代は笑止におもい、

「手前どもには、手持ちの材木などありませんよ」

と、あしらった。

奈良茂はすでに柏木が深川の木場に、御用材をまかなって余りあるほどの貯木があることを見確かめているのである。

断られるだろうということも見込んでおり、むしろそのことを〝柏木の犯罪〟の証拠にしようと考えていた。柏木も悪党だが、奈良茂はその上前をはねようとしている。

柏木方を辞すると、その足で奉行に訴え出た。

「おそれながら」

と、善人めかしく言ったろう。柏木が材木をもっていることはたしかでございます、このぶんではせっかくの御普請に、ご支障が出来《しゅったい》★33いたしまする、なにとぞ御威光をもって柏木方の材木を私めに売るようお申しつけくださいませ、といったように思われる。

奉行としては、そうせざるをえない。

柏木方は、やむなく二、三十本を奈良茂に売ることにし、あとは持っておりませぬ、と返答した。柏木は、まだ奈良茂という男を甘くみていたのである。

(奈良茂はこすっからく小銭《こぜに》をかせぎたいのだろう)

と、見ていた。

★33 物事や事件などが起こること。

が、奈良茂は二、三十本で得心はせず、奉行のもとにゆき、
「おそれながら、かの柏木太左衛門は」
と、柏木方の木場の貯木現状をのべ、それでもなお「持たぬ」と言い張っているのはいずれお上《かみ》に高直《こうじき》★34なる材木を買わせようという悪だくみでございましょう、私めはうそは申しあげませぬ、ぜひぜひご同心《どうしん》★35（お目見得《めみえ》以下の小役人）のご出役あって、深川木場でおたしかめ願わしゅうございます。……

江戸の職制をしらべると、材木奉行は複数（三、四人）で、その下に十五人の同心がいる。

幕府の役人など、事なかれ主義がふつうだったが、この場合、材木奉行としては、落札者である奈良茂のことばをしりぞければとほうもない失態になってしまう。同心たちを現場に出張させていちいち点検したところ、柏木はその貯木場に十分な木曽檜を貯えていたことが判明した。

ここで、この問題が刑事事件になった。

おそらく材木奉行は上司の作事奉行に報告し、作事奉行はさらにその上司である若年《わかどし》寄《より》★36にまで報告したろう。若年寄としては、
「権現《ごんげん》さまのご神威をないがしろにする所業だ」
というせりふぐらいは、吐かねばならない。いうまでもなく幕権の宗教的象徴は東照《とうしょう》

★34 価格の高いこと。
★35 将軍家直属の家臣で、将軍に謁《えっ》見《けん》する資格を持たない者。
★36 老中に次ぐ重職。旗本や御家人《ごけにん》（43ページ注76、77参照）といった老中の管轄外にある諸役人の取り締まりにあたった。

大権現《だいごんげん》（徳川家康）である。

職制上でいえば、ここで若年寄が、町奉行をよんで会議をしたはずである。

結局、柏木太左衛門とその手代三人を入牢《じゅろう》させ、罪状があきらかになったところで、太左衛門は家財没収、伊豆新島に遠島《えんとう》ということになった。手代らも三宅島や神津島などに島送りになった。

以上、★37『江戸真砂《えどまさご》』などにあるはなしを、わかりやすくのべたつもりである。真偽の詳細まで調べたわけではないが、奈良茂の勃興のきっかけはおよそこんなふうであったろう。

奈良茂は、柏木の手持ち材ぜんぶを手に入れることで、御用をつとめおおせ、巨利を得た。一方、柏木はつぶれ、太左衛門は七年後に江戸に帰ったものの、窮迫のうちに死んだ。

なにやらすさまじい話で、奈良茂ほどでないにせよ、深川の木場の旦那衆は、決して「いなせ」や「きゃん」ですごしていたわけではないことが、このことでもわかる。

ついでながら、〝奈良茂〟という名を後世にまで有名にしたのは長男の五代目奈良茂のほうで、かれは若いころから吉原で大尽あそびをし、紀文にひけをとらなかった。もっとも遊びすぎたせいか、三十を越えてほどなくなくなったという。店も、絶えたのではないか。

★37『江戸真砂六十帖《じょう》』。作者不詳の随筆で、江戸で起きた珍事が書き記されている。

本所深川は、本来、下総国《しもうさのくに》★38であり、武蔵国《むさしのくに》★39である江戸とは隅田川をへだてて、別地域になっていた。

伝説では関東に入部《にゅうぶ》した家康が深川あたりまで鷹狩にきたという。

本所深川が大江戸の市域に入るのは、寛文《かんぶん》元（一六六一）年、両国橋が架《か》けられてからだという。

その後、つぎつぎに橋が架けられ、本所深川は江戸と一つ地域になった。

私どもは赤坂から永代橋をへて深川に入ったが、むろんいまは木場などはない。

深川は江戸期に縦横に水路が掘られ、その残土で埋めたてられた地域である。

だからもともと低かったのだが、第二次大戦後、地盤沈下が急速にすすんだため、都市として大がかりに仕立直しがおこなわれざるをえなかった。

満潮時の浸水をふせぐために東京湾にも隅田川にも防潮堤が築かれ、一方、大小の水路も、また貯木池も埋めたてられた。

木場は、町名だけをのこして、いまはない。

★38 現在の千葉県北部と茨城《いばらき》県南西部、東京都東部および埼玉県東部。

★39 現在の東京都と埼玉県、および神奈川県の東北部。

江戸っ子

山田洋次監督の『男はつらいよ』★40のファンは、日本人だけではない。〝寅さん〟シリーズが大好きだというソ連人の談話を読んだことがあるし、私の友人のマーガレット・鳴海さんも、大のファンである。彼女はアメリカうまれで、大学院の二年間だけ日本にきて、日本語生活をした。

「でも、リアルな存在は〝社長〟だけで。……」

彼女は苦情をいっているのではなく、好きなあまりの批評である。

映画でえがかれている柴又・帝釈天《たいしゃくてん》さまの門前のおだんご屋の家族たちのような好人物はこの世にはいないだろう、と彼女はいう。

「いますよ」

と、私はいわざるをえず、そう言ってから理由を考えた。私は、南画★41と江戸落語を同時に思いだした。

★40 人情に厚い流れ者「フーテンの寅」こと車寅次郎《くるまとらじろう》を主人公に、その周囲の人びととの交流を描いた人情喜劇映画シリーズ。全四十八作。

★41 なんが＝中国の南宗画《なんしゅうが》の影響を受けて江戸時代中期に興った画派。山や川などの自然の景観を描いた山水画が中心。

南画の山は、桂林★42の山のように突兀《とっこつ》としてそびえ、天とたわむれている。

ふもとに、小さな草ぶきの庵がある。

庵に、一人の男がねそべっている。

その人物は、おそらく画家そのひとの理想が化した存在にちがいない。山中はむろん世間の外であり、世塵にわずらわされることなく、水を飲みたいときは流れに降りて汲み、読書に疲れれば眠る。南画は、胸中の理想をえがくものなのである。

理想ではあるが幻想ではなく、げんにそういうくらしをした人がいないわけではなく、しようと思えば、いつでもできるのである。

江戸落語のなかに、しばしば江戸っ子の理想像が登場する。そんな人間はいない、というわけではなく、近所にも居そうだし、子供のころにいたような気もする。ある瞬間、自分もそんなふうになりそうでもあり、そういう実と虚のはざまに、オイチャンやオバチャン、さくらなどがいる。


私は子供のころから落語好きで、むろん江戸・上方《かみがた》をえらばない。

このたび、本所深川《ほんじよふかがわ》へゆくにあたって、あらかじめ『口演速記・明治大正落語集成』（講談社刊）と『円朝《えんちよう》全集』（大正十五年・春陽堂刊）のあちこちを読んでから、心の支度をととのえた。

★42 けいりん＝中国の広西チワン族自治区にある景勝地。

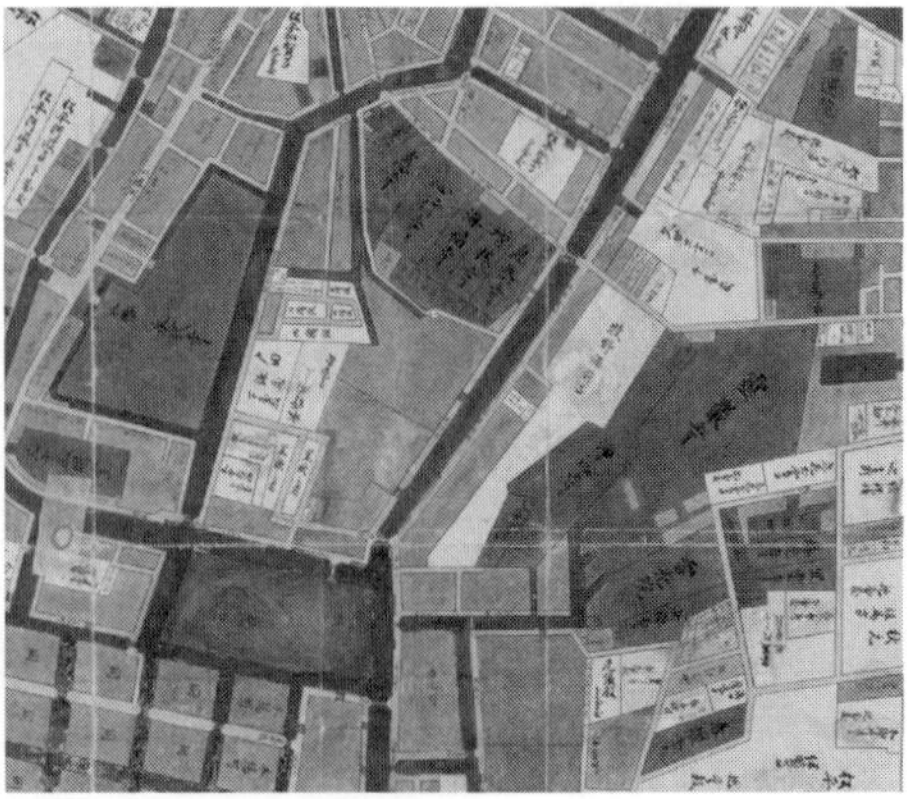
『本所深川絵図』（中央右あたりが霊巌寺）

『文七元結《ぶんしちもっとい》』

という噺《はなし》があって、本所に住む左官の長兵衛さんが登場する。

本所深川には職仕事の人が多く住んでいた。

江戸切絵図の『本所深川絵図』をひろげると、深川の霊巌寺《れいがんじ》が、ひろびろとえがかれている。

霊巌寺はいまもある。往時ほどの境内をもっていないが、境内の墓地に白河侯松平定信★43（一七五八～一八二九）の墓などがあって、そのせいか、そのあたりはいまは白河（町）とよばれている。その白河一丁目に、区立の博物館がある。

「深川江戸資料館」

というのである。そこに、江戸時代の深川の町家《まちや》のむれが、路地《ろじ》・掘割《ほりわり》ごと、いわば界隈《かいわい》ぐるみ構築され、再現されており、吹抜けの三階からみれば屋根ぐるみ見えるし、また階下におりれば、店先に立つこともできる。
★44春米屋《つきまいや》とその土蔵、八百屋、船宿から、各種の長屋もある。火の見櫓《やぐら》もそびえており、また掘割には★45猪牙舟《ちよきぶね》もうかんでいる。★46水茶屋もあれば、屋台も出ており、すべて現寸大である。
さて、『文七元結』のなかの左官の長兵衛さんは本所の長屋に住んでいる。

その住まいの長屋を想像するには、深川江戸資料館に行って適当なものを見つくろえ

★43 まつだいら・さだのぶ＝江戸時代後期の大名。白河《しらかわ》（現在の福島県白河市あたり）藩主となり、飢饉《ききん》に陥った藩を救った。のちに老中となり、乱れた幕政を立て直すため寛政《かんせい》の改革を行う。

★44 今でいう米屋。玄米を臼《うす》でついて精米し、白米にする。

★45 細長い形をした屋根のない小舟。江戸市中、特に吉原へ通う客がよく利用した。

★46 寺社の境内や道端などで、往来する人びとに茶を出し休息させた店。

ばいい。

江戸っ子のうまれぞこないかねをため

という古川柳があるが、この場合の江戸っ子は職人のことであって、まちがっても商人や商家の手代《たな》のことではない。商人にとってかねはいくさの矢弾《やだま》だから、資本《もとで》を溜めたり、ふやしたりせねばなりたたない。

一方、職人は腕でめしを食っている。

この点、角力《すもう》とりとかわらない。ろくに稽古もせず、いつも負けている角力とりが、もしかねばかり溜めているとしたらどうだろう。角力とりも職人も、腕に米のめしがついてまわってくるわけで、腕をみがきさえすればかねになる。職人の経済というべきものので、〝かねを溜めるな、腕をみがけ〟でなければ、職人はなりたたないのである。

ついでながら、江戸っ子は宵越《よいご》しのぜには持たない、ともいう。

この場合の江戸っ子も、職人のことである。貰っただけのものをばくちに使うか、岡場所[★47]に行って女を買うか、うまいものを食いにゆくか。ともかくあくる日は素かんぴんになって仕事場に出て来なければ——なまじい金が懐ろに残っていると出て来ないのもいるから——宵越しの金をもってにたついているような職人は親方にはうれしくない。

長屋の内部（深川江戸資料館）

★47 おかばしょ＝江戸幕府が公認していない私娼街《ししょうがい》。

わるくいえば、親方のたくらみ（?）のようなことわざである。

この点、『文七元結』のなかの左官の長兵衛さんは、典型のような〝江戸っ子〟である。

とっくに親方になってもいいトシなのだが、そういう料簡《りょうけん》★48もなしに、ばくちばかりをして大借金をし、赤裸《あかはだか》★49のような暮らしを送っている。

この噺は、名人でもあり創作者でもあった三遊亭円朝《さんゆうていえんちょう》★50（一八三九〜一九〇〇）が明治時代にまとめたもので、たねは円朝以前からあったらしい。その旨、『円朝全集』の巻の一に注として出ている。

江戸では、江戸中期ごろから、耐火を考えて土蔵がつくられることが多くなった。土蔵は、左官の腕の見せどころなのである。とくに戸前口《とまえぐち》を塗るのがむずかしく、長兵衛は、「戸前口をこの人が塗れば、必ず火の這入《はい》るようなことはない」（円朝）というような腕だった。

ところが怠けて仕事にゆかず、あちこちの賭場をうろついては裸にされている。どうも江戸では、戦後文士のような破滅型の名人たちが、一種の尊敬をうけていたらしく思える。

長兵衛には女房とのあいだに、娘が一人いて、器量がよくて親孝行なのだが、ところ

★48 考え。分別。思案。

★49 財産を何も持っていない状態。

★50 幕末〜明治時代の落語家。自作の演目を道具入りの芝居噺《しばいばなし》で演じて人気を博する。代表作に『真景累ケ淵《しんけいかさねがふち》』『怪談牡丹燈籠《かいだんぼたんどうろう》』『塩原多助一代記《しおばらたすけいちだいき》』など。

土蔵の入り口の戸、戸前口

がある日、出奔★51してしまった。

やがて、行先がわかった。彼女は親には内緒で吉原の大籬《おおまがき》★52の「角海老《かどえび》」（円朝は、高座では「佐野槌《さのづち》」としたりした）にゆき、女将《おかみ》に会って、親の借金五十両を返すために身を売りたい、と申し出た。

女将がおどろき、長兵衛をよんで説諭し、とりあえず五十両という大金を長兵衛に貸した。無利子・無証文である。

ただし女将に抜け目はなく、証文がないかわりにこの娘《こ》の身柄はうちにあずかっておく、期限までに五十両の金を返さなければ、長兵衛さん、お気の毒だけどこの娘を店に出しますよ、という条件なのである。女郎にするという。

長兵衛は恐縮やら狼狽やらしつつ、五十両の金をふところに入れ、その上酒代《さかて》までもらったから、途中で一杯ひっかけ、夜になって★53吾妻《あずま》橋にさしかかった。わたれば、本所である。

吾妻橋は安永三（一七七四）年、はじめて架《か》けられたそうで、江戸時代は大川橋などともよばれた。

橋の上にお店者風《たなものふう》★54の若い男が立っていて、川にとびこもうとしている。

佐藤光房《さとうみつふさ》氏の『東京落語地図』（朝日新聞社刊）によれば、吾妻橋というのはどういうわけだか身投げに似合っていて、落語のなかで身投げとなると、この橋が出てくるとい

★51 しゅっぽん＝逃げだして行方をくらますこと。
★52 吉原の中でも最も格式が高い遊女屋。
★53 27ページ地図参照。
★54 商家の奉公人。

う。

円朝も、『文七元結』のなかで、

今吾妻橋を渡りに掛ると、空は一面に曇って雪模様、風は少し北風《ならい》が強く、ドブン〳〵と橋間《はしま》へ打ち附ける浪の音、真暗でございます。


と、叙景している。

いましも身投げをしようとしている男は、題名の文七という若い男だった。

円朝の口演では白銀町《しろがねちょう》三丁目の近卯《きんう》というべっこう問屋の若い男となっており、円朝の弟子の初代円右《えんう》の速記録では横山町の小間物屋和泉屋宇兵衛の奉公人というふうになっている。

文七は、使いの帰りである。

いまの言問《こととい》橋★55のすこし下流東岸に隅田公園になっているところが、当時小梅とよばれていて、水戸屋敷があり、かれはそこに売掛金の五十両をうけとりに行っての帰路だった。ところが枕橋（北十間川《きたじっけんがわ》にかかっていた）まできたとき、あやしい男に突きあたれ、はっと思ってふところをみると、金がなくなっていた。

悲嘆にくれたが詮《せん》もないまま吾妻橋まできて、足が動かなくなり、そのまま身を投げ

★55 65ページ地図参照。

て死のうとした。そこへ長兵衛がやってきて、力ずくでとめられた。

長兵衛は、事情をきいてしまった。ふところに、五十両はある。

長兵衛は男伊達《おとこだて》★56の稼業ではないのだが、江戸っ子なのである。

こんな場合、南画を描く人が――たとえば富岡鉄斎《とみおかてっさい》★57のように――知識人の理想を描くのと同様、噺の聴き手である江戸人は、筒一杯《つついっぱい》の人情の極みを主人公に求める。

円朝は長兵衛に俠気《おとこぎ》を演じさせる。

……己《おれ》も無くッちゃァならねぇ金だが、お前《めえ》に出会《でつくわ》したのが此方《こっち》の災難《せえなん》だから、これをお前に……。

くれてやる、と言いかけてはひるむうち、当の文七はすきをみて下手へ走り、欄干を乗りこえようとする。

長兵衛はそれを追っかけて抱きとめ、自分の人体《にんてい》には不相応な五十両の金をとりだし、事情をかいつまんで話し、ことわる文七に腹をたて、ついには財布ぐるみ投げつけて行ってしまうのである。

★56 男子としての面目を立てるために、強きをくじき弱きを助け、身をすてても惜しまぬこと。

★57 一八三六年～一九二四年没。明治～大正時代の日本画家。大和絵から南画に進み、水墨、彩色の両方で独創的な作品を残す。代表作に『旧蝦夷《きゅうえぞ》風俗図《ふうぞくず》』など。

ところが、文七が白銀町の近卯に帰ってみると、水戸屋敷から五十両がとどいていた。じつは文七が水戸屋敷にうかがったとき、御用人が碁好きで相手をさせられ、辞しぎわに五十両を碁盤の下に置きわすれた。

そのこともわすれてすられたと思ったのだが、水戸家のほうでは家来二人に提灯をもたせて近卯まで届けてくれたという。

近卯では大騒ぎになった。

翌日、近卯の主人は文七を供につれて長兵衛のもとを訪ねるべく吾妻橋をわたることになる。

長兵衛の住まいは、初代円右は本所畳横丁《たたみよこちょう》としているが、その師匠の円朝は、本所達磨横丁《だるまよこちょう》としている。

前記佐藤光房氏の本によると、達磨横丁はいまの吾妻橋一丁目の駒形《こまがた》橋寄りあたりにあったらしい。

くりかえしいうが、長屋の様子は深川江戸資料館に行って想像すればいい。

円朝によると、おそらく表通りに、酒屋がある。主人は、文七に尋《たず》ねにやらせる。酒屋の番頭は、

彼処《あすこ》の魚屋の裏へ這入《はい》ると、一番奥の家《うち》で、前に掃溜《はきだめ》と便所《ちょうずば》が並んでますから直《じき》に

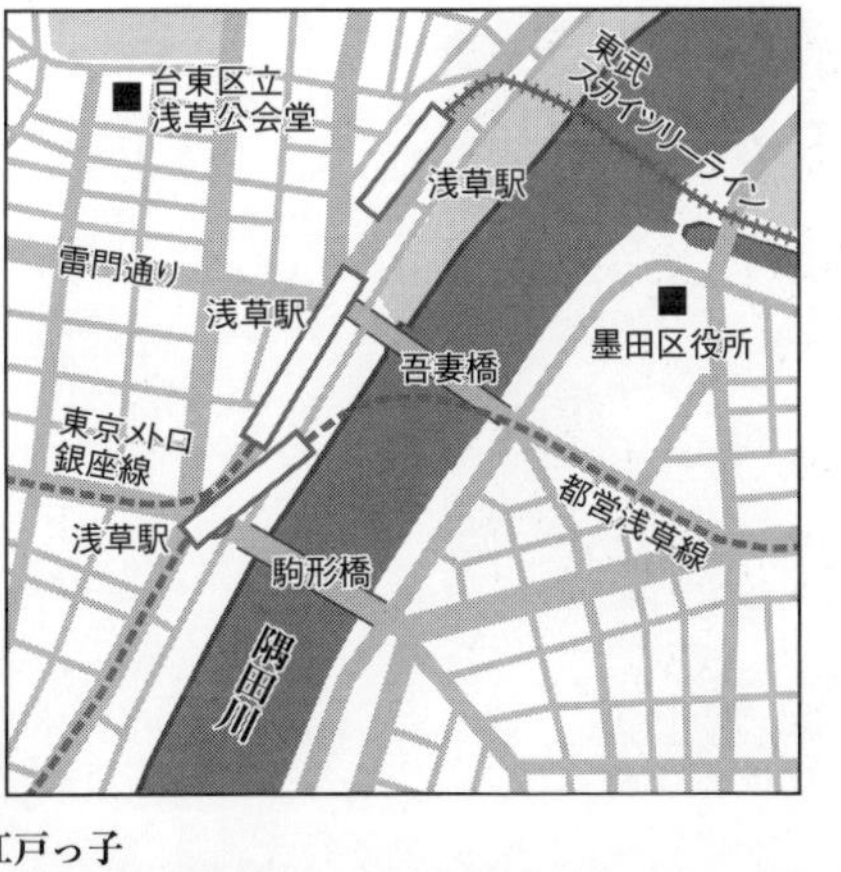

『文七元結』の舞台

知れますよ。

そこで、主人は、酒屋から「五升の切手」★58を買いもとめ、その上、柄樽《えだる》を借りる。角《つの》のついた樽で、黒か朱の漆でぬられており、祝儀のときにつかう。角樽《つのだる》★59ともいう。

その間、長兵衛の家は、前夜からだが、女房のお兼との言いあらそいがつづいており、長兵衛はから威張りして、

「人の命に換《け》えられるけえ」

と毒づいたりしている。お兼はふんと笑って、

「人を助けるなんてえのは立派な大家《たいけ》の旦那様のすることだよ」

などと、かみつく。お兼は、寅さんシリーズでは、〝社長〟になる。

そこへ近卯の主従が入ってきて、いっさいがわかるという筋である。

が、長兵衛は五十両の金子《きんす》をうけとらないのである。近卯の主人とのやりとりがあって、長兵衛が、

これを私《わっち》が貰うのは極《きま》りが悪《わり》いや、一旦この人（文七をさす）に遣《や》っちまったんだから（中略）この人に遣っちまおう。私《わっち》は貧乏人で金が性《しょう》に合わねぇんだ。……

★58 酒五升《しょう》（約九リットル）と引き換えることのできる商品券のようなもの。

★59 角のような一対の大きな柄がついた樽。

柄樽（角樽）

という。江戸っ子の型なのである。

倫理には型があり、内発的よりも、型が倫理を打ちだすといっていい。

やがて長兵衛はやむなく五十両をうけとり、「どうも旦那ァ、極りが悪いけれど」としおれてしまう。

なにが極り悪いものか、とおもうのは田舎者のことであって、このやりとりの型にゆるぎがあっては江戸風ではない。すくなくとも本所深川ふうではないのである。

『文七元結』は、寅さんの映画のようによく構成されている。

じつはあらかじめ近卯の旦那が吉原の角海老に番頭を走らせて、長兵衛の娘にとびきりの衣装を着せ、このとき、四ツ手駕籠《かご》にのせて本所にむかわせつつあった。

その間、近卯は長兵衛に親類づきあいをしてほしい、という。その上、文七の後見人になってもらいたい、文七は両親に早く先立たれたから、子にしてやってもらえますまいか。

やがてろじ口に駕籠がおろされ、かごやがあふりをあげる。娘のお久が出てくる。

「昨日に変る今日の出立《いでた》ち、立派になって」という晴れ姿である。

さて是《これ》から文七とお久を夫婦に致し、主人が暖簾《のれん》を分けて、麹町六丁目へ文七元結の店をひらいたというお芽出度《めでた》いお話でございます。

四ツ手駕籠

元結《もとゆい》、なまってモットイ。

髪の髻《もとどり》を結びたばねる糸・ひものことで、江戸期にはこよりをのりで固くひねったものが用いられた。文七とお久が出した店はその元結をあつかう店だが、おそらく〝文七元結〟ということばがひろまるほどに、文七はいい品物を売ったにちがいない。

江戸弁は、子音がきれいに発音される。MOTOYUIなどといえば母音が多く、上方弁になるが、MOTTOIといえば歯切れがいい。歯切れというのは、子音の出し方がきれいで、ときに二個を一気に発音するということである。

百万遍《ひゃくまんべん》

古い落語に、

『大山詣《おおやままい》り』

というのがあり、江戸時代の本所深川《ほんじょふかがわ》あたりでは町内ごとに大山講《おおやまこう》[★60]があって、江戸か

★60 神奈川県伊勢原《いせはら》市にある大山へ

らずいぶんお詣りしたらしい。

こういう民間信仰となると、上方《かみがた》うまれの私にはよくわからない。

大山という山の名にも、なじみがないのである。

相模《さがみ》(神奈川県)にある山で、厚木あたりからのぞむとすっきりして姿のいい山だという。

江戸の下町には現世利益《げんぜりやく》の信仰がつよく、大山詣りも、詣れば病いにきくとされたり、また無病息災の利益があるとされたりした。

七月の盆のあいだがとりわけにぎわい、とくに、そういう時期にまいるのを、「盆山《ぼんやま》」といわれた。暑いさなか、東海道[★61]や矢倉沢《やぐらさわ》[★62]往還など、五つの大山道《おおやまみち》には人の波がつづいたという。ふつうは町内の先達につれられて、団体でくりだしてゆくのである。

往きよりも、むしろ帰りの遊興がたのしみだったともいわれている。

深川のあちこちを歩きながら落語の『大山詣り』のことをしきりにおもいだした。宮村さんにきいてみたが、「はてね」とくびをかしげた。

宮村忠《みやむらただし》[★63]氏は、代々の深川人で、本所深川をこのうえなく愛している。土木工学の先生(関東学院大工学部教授)である。私とのつきあいは、十数年になる。


参詣することを目的として作られた集まりのこと。

★61 江戸時代の五街道のひとつ。太平洋沿いに江戸から京都へ至る。ほかに、中山道《なかせんどう》、奥州街道、甲州街道、日光街道がある。
★62 五街道の補助道。東海道と、江戸から甲府(山梨県)を経て信州(長野県)へ至る甲州街道の中間に走る。
★63 一九三九年〜。二〇一六年一月現在は関東学院大名誉教授。

「川並《かわなみ》をしていた人がいます」

ということで、川上恒夫氏を紹介してくれた。川上さんは大正十三（一九二四）年三月うまれだから、大正十二年八月うまれの私とは学齢がおなじになる。川上さんの父君は製材屋にうまれて川並になり、川上さんは三十前後にその職に入って、六十ぐらいまでやっていた。

「私は、明治小学校の出です」

というのが、いかにも江戸っ子らしくて好もしかった。江戸の風《ふう》は、所《ところ》自慢なのである。まず、所の小学校を自慢する。こんなのは、京・大阪にはない。

「下町《したまち》の学習院といわれていましたよ」

やがて川上さんの明治小学校自慢がどんどん募《つの》って行ったため、同席した一人がつい釣りこまれ、

「山の手からも越境してきましたか」

と、質問してしまった。このひとは山口県出身で、山口県では所自慢というのがない。

「まあ、それはないがね」

川上さんは、にがい顔をした。

私も、つい不心得をやってしまった。

川上さんが、いう。

木材の管理や運搬に携わった川並

「あたしのころは、深川の小学生と言《い》や、みなキモノを着てたもんだが、深川でも明治小学校だけは、服だったからね。洋服でしたよ」

「……川上さんと私はおなじ学齢ですが」

と、私は余計な口をはさんでしまった。

「私は大阪で、それも場末のつまらない小学校でしたが、明治小学校みたいにみな服でした。それがふつうでしたよ」

だいたい小学生でキモノをきている子など、こどものころ見たこともない、とまで言ってしまったが、当の川上さんは幸い取りあう風情《ふぜい》もなく顔を上げたまま、

「なにしろ、木場《きば》の旦那衆の子がきていたからね」

唄はしまいまで聴け、というふうで、いかにも江戸風であった。

「川並」

というのは筏師《いかだし》★64のことである。まれに川鳶《かわとび》ともいわれたらしい。川並とは、江戸とくに深川以外には使われないことばだったようで、『日本国語大辞典』にも、川並の第一義は川の流れのさま、川のたたずまい、とあり、第二義として、江戸時代の随筆集『守《もり》貞漫稿《さだまんこう》』を引き、

★64 山から切り出した材木で筏を作り、河川で運搬することを職業としていた人。

江戸にて筏士を川並と云。かわなみと訓ず。

とある。

深川のもとの木場のあたりを歩いていて、しばしば、

「川並の赤太郎さん」

という名をきいた。本名は石井赤太郎といい、明治二十八（一八九五）年うまれで、いまはこの世にいない。

絵心があり、晩年、川並のしごとぶりを和紙に描きのこし、世間が肝煎《きもいり》★65して個展なども催されたという。

私も、もとの「木場」にある大洋筏株式会社という会社の小さな事務所をたずねて、壁にかざられている赤太郎さんの絵をみたり、あるいは「木場角乗《かくのり》保存」という題が付けられた画集もみせてもらったりした。日本画風で、人物の動きがおもしろく、川並というしごとが、技術や労働という以上に、芸に近いものだということがよくわかる。

ただ、一つ間違えば命とりになる。そんな稼業がこの世にあったことを後世にのこしておきたいという熱情が赤太郎さんに絵を描かせたらしく、そのことが絵からつたわってくるようだった。

いまは、深川に木場もなく、従って川並もいない。

★65 世話すること。仲立ちすること。

「やよい寿し」で川上恒夫氏と話す司馬さん

木場は昭和四十七（一九七二）年ごろから、東京湾の夢の島に移りはじめ、四年後にはほぼ移転が終了した。

川並の経験者も、川上恒夫氏が最後の世代になるのではないか。

大正期に活躍した劇作家額田《ぬかだ》六福《ろつぷく》（一八九〇〜一九四八）の戯曲に『冬木心中《ふゆきしんじゆう》』という、深川の木場を舞台にした作品がある。

大正十一年、六代目菊五郎が、新派の女形河合武雄と市村座で初演した。

その『冬木心中』を、昭和五十八年、中村勘九郎が、国立劇場でやったとき、水の上にうかんだ丸太に乗る気分をつかみたいというので、公演の前、隅田川河口の水上貯木場でけいこをした。

いでたちは、横鉢巻《よこはちまき》に半纏《はんてん》、パッチという粋《いき》なもので、このとき川上恒夫氏が、いわば故老として指導した。

私が川上さんに会ったのは森下三丁目の角の「やよい寿し」の座敷で、おかみさんが宮村忠教授の深川小学校での同級生なのである。

おかみさんはきれいな一重《ひとえ》まぶたで、いかにも江戸ふうの身ごなしで無駄なく動いている。そのあいまに、ふと土間★66から、

★66 家の中で、床を張らず地面を露出させた場所。炊事や作業の場として使われた。

土間。床がないので土足で使用する

「忠さん」

とよんだあたり、久保田万太郎《くぼたまんたろう》★67の劇中の人のようだった。応えて、宮村教授があいよといったかどうか、ともかくも大きな体をすばやく動かして土間のほうへ行ったときばかりは、深川にきてはじめて深川ぶりを見たおもいがした。


川上さんの話は、おもしろかった。

いつだったか、懇意の衆と温泉へ湯治に行って、花札だったかツボ打ちだったか、ともかくもはなからしまいまで勝負ごとをした。宿でも夜明かしだった。とうとう温泉に入らなかった仲間もいた、という。いかにも、落語に出てきそうな情景である。

それに、川並が、いい賃銀だったということ。

「あたしの時代になっても、大工より多かったね。大工の賃銀が四、五十円のとき、百円はくれたね」

その上、盆くれには、前金みたいな形で、五千円、一万円と貸してくれた。みいりが多いから、勝負ごともした。

それやこれやで、川上さんの時代には大山詣りはありましたか、ということをききそびれた。もっとも、きいたところで、時代がちがうよ、と笑われたかもしれないが。

落語の『大山詣り』は総勢十三人で江戸と大山を往還する。講元《こうもと》★68は吉兵衛さんといい、

★67 一八八九年～一九六三年没。大正～昭和期の小説家、劇作家、俳人。下町《したまち》の人びとの生活や情緒を描いた。代表作に『末枯《うらがれ》』『春泥《しゅんでい》』など。

★68 講による大山への参詣の主催者。

どういうわけか〝親分〟とよばれている。全員が職人であるかのようなふんいきである。

主題は、わるふざけである。

テキストは、三一書房刊の『古典落語大系』第二巻『大山詣り』からとる。

ともかくも〝お山〟の帰りというのは毎とし気がゆるむらしく、噺では〝熊〟という男が、とんでもなく酒くせがわるい。

それが、帰りの神奈川宿で夜中大あばれしたため、みなで泥酔中の熊の頭を剃りこぼってしまった。ばかなことをしたもので、江戸時代、髪がなによりも大切で、頭をまるめるなど、私刑にもひとしい。ただ、道中のはじめに、悪く酔って手に負えなかった男はみなで頭を丸めてしまうという約束があったのである。

翌朝、熊が目をさましたときは一同出立したあとで、頭に手をやると、髪がない。熊の復讐がはじまるのである。

講中《こうちゅう》一同は、金沢★69を見て野島★70へゆき、そこから船に乗って米ケ浜★71のお祖師さまにおまいりした。

その間、熊だけは頭を手ぬぐいでつつんで駕籠に乗り、講中が茶店で一服しているところをそっと駈けぬけ、江戸の長屋に一足さきにもどった。

そこで、自分の家に、講中十二人のおかみさんたちにあつまってもらい、帰路、事故

★69 神奈川県横浜市金沢区にあった景勝地。金沢八景のこと。
★70 横浜市金沢区の平潟《ひらかた》湾入口に浮かぶ小さな島。
★71 神奈川県横須賀《よこすか》市にある龍本寺《りゅうほんじ》のこと。

があったといった。

野島から船をだしたとき、烏帽子島《えぼし》のあたりで颶風《はやて》★72に遭い、自分だけがたすかった、と熊はいったのである。

当然ながら、大騒ぎになった。手放しで泣きだす者やら、なにやらだったが、さすが講元の吉兵衛のかみさんだけはしっかりしていて、「みな、おちつくんだよ」と一同をしずめた。

「世間じゃ、この男をなんていってる。千三《せんみ》つだの、百三《ひゃくみ》つの熊てんだよ」

といってから熊のほうにむきなおり、

「ちょいと熊さん、冗談じゃないよ、いいかげんにおしよ」

「それじゃ、みんなの死んだ証明《あかし》を見せましょう」

といって手ぬぐいをとった。これが、きいた。熊が、いう。

「あっしはね、このことをみんなに話したら、高野山にのぼって……」

坊主頭をみて吉兵衛のかみさんが仰天し、泣きだしてしまった。

一座のなかに、〝きい坊〟とよばれている半公の嫁がいる。

飛びだそうとして、熊にとめられ、それでも死ぬんだ、と言いさわいできかず、そこを熊が諭した。

「おまえが死んだって、あいつの生命がもどるってわけのものでもねえ」

★72 急に吹く強烈な風。

「いっそ、おまえの、その黒い髪を切り落しちまって、尼になって、朝晩弔《とむら》ってみねえ、草葉の蔭で、半公がどれだけ喜ぶか知れねえ」

「そんなによろこぶなら」

と〝きい坊〟が頭をまるめると、一座は集団ヒステリーのようになって、十二人ぜんぶが頭をまるめてしまった。熊は自分の女房《かかあ》だけは満足にしておいた。

そこで、にわか坊主の熊と十二人の尼が、どこかから大数珠《おおじゅず》を借りてきて、百万遍《ひゃくまんべん》[★73]の念仏をやりはじめるのである。リンゴほどの大きな数珠玉《じゅずだま》が千八十個もある大数珠で、これを一座が繰《く》りまわしつつ南無阿弥陀仏を合唱する。あいまに伏鉦《ふせがね》をたたく。きっと熊が鉦のたたき役だったろう。

そこへ亭主一同が帰ってきて大さわぎになるというはなしなのだが、私は『大山詣り』のなかに、このように百万遍念仏が出てくるというのをわすれていた。

偶然、川上さんが、百万遍のはなしをした。

深川ぐらしの一情景として、人が死んだとき、それも坊さんが帰ったあとで、たれかが大数珠をもちだしてきて百万遍をやる、というのである。はなしをきいていながら、不覚なことに『大山詣り』とむすびつかなかった。

むろん、百万遍念仏など、正法《しょうぼう》からいえば雑行《ざつぎょう》というべきもので、僧のあずかり知る

★73 故人への追善《ついぜん》や祈禱《きとう》のため、念仏を百万回唱えること。

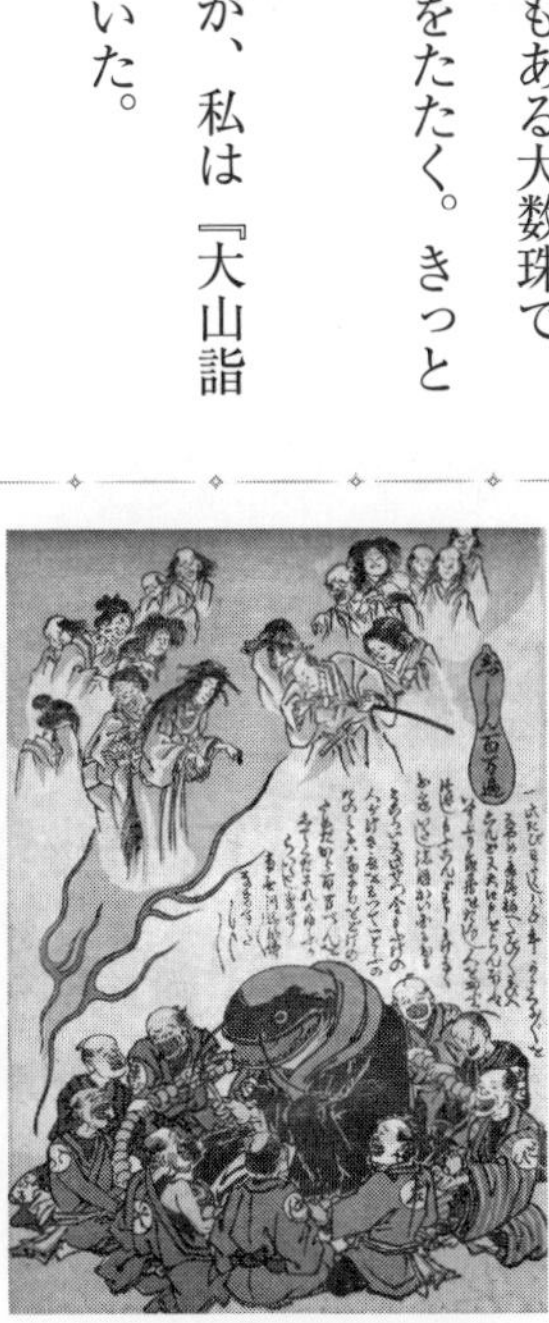
百万遍念仏の様子（『江戸大地震之絵図』より）

ところではなく、あくまでも土俗化した信仰である。

江戸期に流行したといわれているが、それにしても深川あたりでいまも残っているのが、気分としておもしろい。

文化というのは、慣習のことである。いわば根雪《ねゆき》のようなもので、保存の気分のないところに残らない。

「念仏しながら、仏になった人の悪口なんかいっちゃってね」

むろん、わるくちは、天寿を全うした仏にかぎられる。できれば生前威勢がよくて、女にもてたり、町内でも人気があった邪気のない人であるほうがいい。

満座が、一人ずつひざの上に数珠の玉を一つのせ、となりに送りながら念仏をとなえる。退屈だから、ときに即興の唄が入る。仏は女にもてたとか、ばくちが好きだったよ、といったたぐいの歌詞である。

川上さんは、数珠玉を繰るしぐさをしながら、故人へのからかい唄を一つか二つ、うたってくれた。

ともかくも驚きだった。

百万遍は、江戸時代、疫病送りや虫送り、雨乞いなどにも用いられたというが、この二十世紀も終ろうとしている世に、こういうものがのこっていることに息をのむおもいがした。

たまたま大阪に帰ると、法事があり、四つ年上の従兄にひさしぶりで会った。この人にこのおどろきを伝えると、

「それは、江戸落語の『大山詣り』に出ている」

と教えてくれた。なるほど前掲の『大山詣り』をみると、わずか二行だが、出ている。ついでながら、京都に百万遍《ひゃくまんべん》という地名がある。京都大学の北にあり、その名に由来する知恩寺《ちおんじ》（知恩院ではない）もそこにある。知恩寺は百万遍念仏のおこりであるらしい。

元弘元《げんこう》（一三三一）年、疫病がはやったとき、後醍醐《ごだいご》[★74]天皇の勅命で、知恩寺八世の善《ぜん》阿《あ》という僧が創始したもので、のちに災疫にさいしてはこれを修した、といわれている。

それにしても、室町時代より前の宗教的奇俗が、本所深川でいまも生きているというのは、たいしたものといわねばならない。

★74 一二八八年～一三三九年没。鎌倉～南北朝時代の天皇。鎌倉幕府を倒し、建武《けんむ》の新政を行った。

鳶《とび》の頭《かしら》

室町乱世のころの堺と、江戸の町方《まちかた》（町民居住区）とは、都市としてやや似ている。当時の堺は商人によって支配され、しかも江戸とはちがって権力から独立していた。この点では、似ても似つかない。

当時の堺で「木戸」が発展していたことが似ている。堺では町々《まちまち》は木戸で区切られ、夜になると閉ざされた、という。

こういう町木戸は、江戸時代の京・大坂では聞かないが、江戸の町方にはあった。江戸の町方では、一つの町《ちよう》に、一つは木戸があり、そこに自身番《じしんばん》という町方自身の経費による番小屋がおかれていて、夜は亥《い》の刻（午後十時）になれば閉められた（そのあとは、潜《くぐり》から出入りさせる）。

木戸は、長屋の路地の入口や出口にまであったのだが、このような大小の木戸構造が夜盗のたぐいをふせぐためのものだったことは、いうまでもない。

室町時代の堺が、自衛都市だから、諸国の牢人《ろうにん》[★75]衆を傭《やと》って外敵にそなえていたことは、よく知られている。そのことは、織田信長が堺に対して圧力を加えたとき、牢人をかかえることをやめよと命じた（『上杉家文書』）ことでもわかる。

むろん、江戸の町方が牢人をかかえたということはない。なにしろ江戸は将軍のお膝元で、通称八万騎といわれる旗本[★76]・御家人《ごけにん》[★77]が住んでいるばかりか、三百諸侯が定府《じょうふ》[★78]やら勤番衆[★79]やらを諸方の屋敷に住まわせている。江戸ほど用心のよかった首都も、世界史になかったろう。もっとも、嘉永六（一八五三）年、ペリーの艦隊が江戸湾に入りこんできても、幕府はなすところがなかった。

ペリーそのものよりも、江戸の無力ということが諸藩の軽侮《けいぶ》をまねき、幕藩体制のくずれるもとになった。

そのことはともかく、江戸の町方の制度で、私ども非東京人にわかりにくいのは、町内ごとに「頭」がいたことである。鳶の頭のことで、正しくいえば町火消《まちびけし》の組頭《くみがしら》のことだった。

退屈なことをいうようだが、江戸の消防制度は大名火消（大名がかかえる火消人足のこと）と町火消という組織があって、町火消のほうは町方が負担していた。

★75 主家を失ったり離れたりした武士たち。

★76 はたもと＝江戸時代、将軍家直属の家臣のうち、知行高《ちぎょうだか》が一万石《ごく》未満かつお目見得《めみえ》（将軍に拝謁する資格を持つ）以上の家格の者をいう。

★77 知行高などは右に同じだが、お目見得以下の家格の者をいう。

★78 幕府の役職にある大名などで、参勤交代をせずに江戸に定住している者。

★79 国を出て江戸や大坂の藩邸などに勤める諸大名の家臣たち。

町火消には「頭取《とうどり》」が二百七十余人もいて、町内単位では、一町内に組頭がひとりいた。その組頭が、頭とよばれた。

この頭が、一朝《いっちょう》火事のときには配下の鳶（火消人足）をひきいて命がけの活躍をする。平素は町内の雑用に任じ、ちょっとした威《い》をもっている。

頭は、士農工商のうちの工に属するものかもしれないが、しかし大工や鍛冶ほどの技術があるわけではない。

その収入は町内入費からも出ているが、それよりも町内の旦那衆の心付《こころづけ》が大きい。旦那衆となれば、婚礼やら葬式には頭をよんで、なにがしかの宰領★80をしてもらう。旦那衆のお嬢さんが嫁入りするときは、その嫁入り荷物の列をひきいて婿殿の家へゆく。

それだけに、平素も〝威〟をもたされていた。町内のひとびとから立てられていたのである。

町内に乱暴者が入りこんできたようなときは、頭がこれを鎮める。力ずくで鎮めるというより、非を諭し、それでも相手がきかないときは配下をよんで排除する。かといって任俠《にんきょう》の徒ではなく、堅気《かたぎ》である。ただ堅気といっても俠気《おとこぎ》が必要だから、ただの堅気ではない。いわば、町方における〝武〟の存在である。

となると、町内と鳶の頭との関係は、中世の堺の商人たちと、かれらがかかえていた

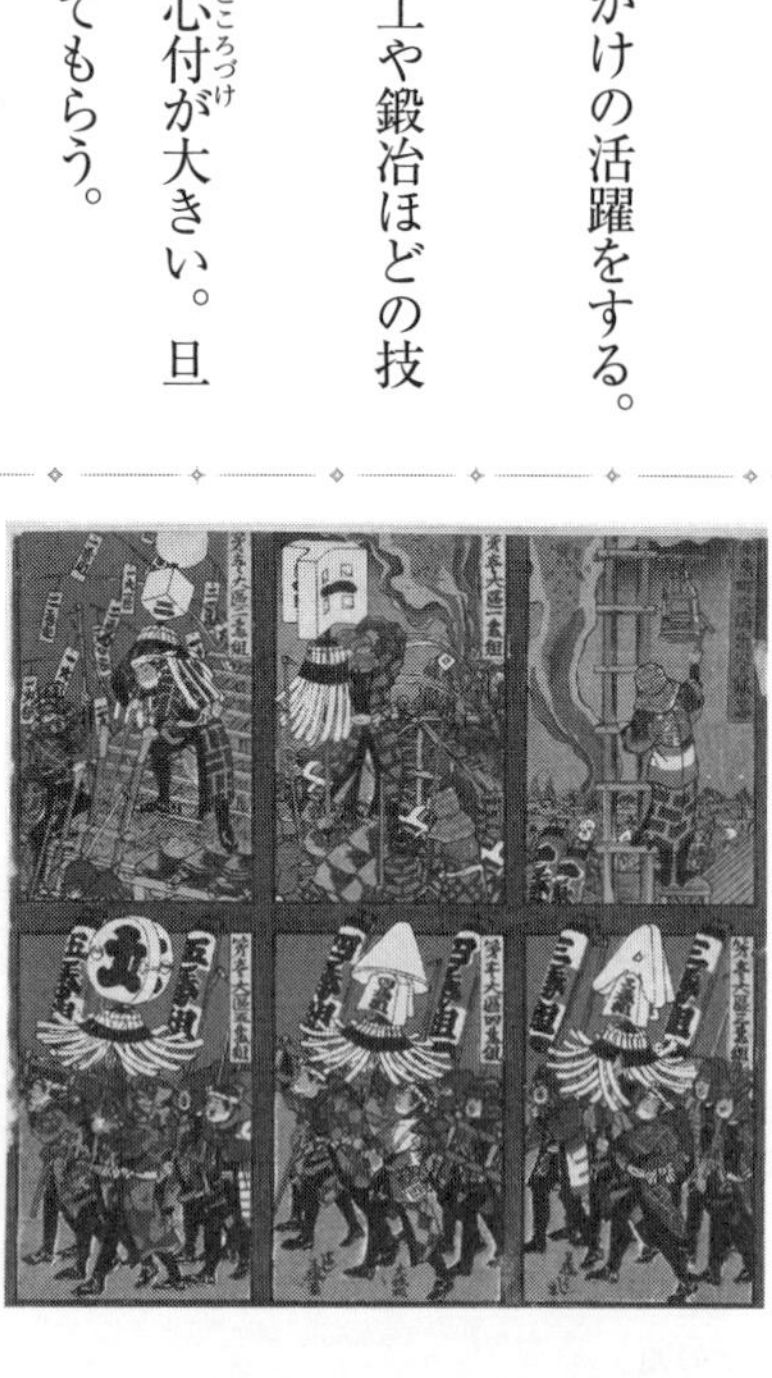

歌川芳藤『東京町火消出火ヲ鎮図』

★80 とりしまること。監督すること。また、その役。

牢人衆との関係に酷似してくる。ただし頭は、江戸の身分制でいうと、せいぜい表借家《おもてしゃくや》★81人《にん》にすぎない。しかしながら家には纏《まとい》★82を置き、常在戦場のような気構えでくらしていた。

深川《ふかがわ》っ子である宮村忠《みやむらただし》教授は、

「頭の所へご案内しましょう」

といってくれた。

くりかえしいうが、私は非東京人である。江戸の町方における鳶の頭というだけでもロマンティックな思いがするのに、いまなお頭がいるというのは、奇跡のような感じがしないでもない。

明治四（一八七一）年の廃藩置県も、大名と侍を消滅させただけで、町火消にまでおよんでいなかったのかとさえおもってしまう。

「頭」

という存在については、情趣で感じたほうがいい。それには、古典落語がいちばんいい。

『口演速記・明治大正落語集成』（講談社刊）第四巻の『阪東お彦《ばんどうおひこ》』からとってみたい。演者は幕末うまれの四代目橘家円蔵《たちばなやえんぞう》で、明治三十一年の口演を速記したものである。

★81 表通りの借家を借りて住む者。
★82 火消組の各組の目印となるもの。

スジは、じつに単純である。女ぎらいで通ったお店《たな》の番頭が、男ぎらいで有名な踊りのお師匠《つしょ》さんに惚れるという噺である。

番頭さんは恋わずらいでもって、店の二階で寝ついてしまい、やがて事情を旦那が知る。

旦那は出入りの鳶の頭に取り持ちをたのみ、両人はめでたく添い遂げる。

相手のお師匠さんというのは年の頃二十一で、〝阪東〟とはむろん苗字でなく踊りの流派の名である。彼女は〝派手彦〟というあだながあるほど諸事派手好みで、三間間口《さんげんまぐち》の長屋の奥の一間《ひとま》を稽古場にしてこどもを教えて暮らしていた。

地蔵眉毛★83の愛嬌のある美人で、ふだん「小紋縮緬《こもんちりめん》★84の一紋《ひとつもん》に黒繻子《くろじゅす》★85の丸帯を締め」きりっとした姿でいて、稽古の日には、表に人だかりがするほどに評判がいい。

男は、佐平といい、松浦屋という酒屋の番頭として店をきりもりしている。

四十一といういいとしになるまでろくに女も知らず、奉公ひとすじにすごしてきたが、あるときお彦の家の前を通り、稽古をつけている彼女の弾みやら容姿やらをみて惚れてしまった。

当初、旦那が心配して医者をよんだりしたが、やがて事情を知り、お彦に話をもちこむための手づるをさがした。ここで、

「頭」

★83 お地蔵さんのような三日月形の眉毛。根元が太く、先が細長い。

★84 表面に細かいしぼりを出した絹織物。

★85 表面がなめらかで光沢がある布。サテン。

が、登場する。頭には名がつけられておらず、単に頭であるところがいかにもその職分らしくていい。お彦は、頭の妹分だという。

頭にきてもらってつながりをきくと、お彦は両親もきょうだいもない身の上で、この町内にひっこしてくるにあたって頭を頼みとしたのである。頭の家に時々やってきては兄《にい》さんなどとよぶうち、〝妹分〟になった。こんな関係が、江戸の下町でありえたこともこの落語でわかるし、その関係を結びつけているモラルが、義理人情というものであった。

頭も、旦那から頼まれた以上は、あとにひけない。

佐平の病床を見舞った。

佐平はていねいな物言いをする。「夫《そ》れが私の病の種《たね》なのでございます」というと、頭は実《じつ》のある話し方だが、ことばはぞんざいで、

「……お前《まい》の生命《いのち》にはかえられ無いから、何と云うか知ら無《ね》いが向うへ行って私が話をして見よう」

という。番頭と頭とのあいだに身分上のちがいなどないが、頭が人に立てられる稼業だから、佐平は鄭重《ていちょう》にいうのである。

もっとも頭は松浦屋の旦那に対しては、「宜《よ》うございます」などということばをつかう。

頭は、〃派手彦〃の家にゆく。ここでは、兄妹だから、たがいにぞんざいなことばづかいである。頭は事情を話し、旦那はゆくゆく佐平さんに店の一軒も出させてやろうと思っている、佐平との年のひらきがありすぎるが、佐平があんなに思い染めているんだ、きっとお前を大事にするだろう。さらに頭は、

人一人《ひとひとり》助けると思って、嫌《いや》でも有ろうが、三日でも何とか一緒になって彼《あ》の人を助けてくれまいか。何《な》んと美《よ》く生まれたが（美人にうまれたのが）災難と諦めて。

このあたりのセリフも、義理人情という道理から出ている。頭の辞《じ》は、まことにひくい。

「およしよ、阿兄《にい》さん」

と、お彦は憎くもない相手と思って肚のなかでは承《う》ける気でいる。

しかしここで頭に返事をしてしまえば、日ごろ、「姉さん」といって頼りにしている頭のおかみさんの立場を傷つけてしまうために、そういったのである。頭もそんなことはよく心得ていて大いにうなずいたあと、念のために、

乃公《おれ》を助けると思って。お前《まい》の為に人二人《ふたり》助かるのだよ。

〝二人助かるのだよ〟というのがすごい。佐平のほかに自分も入っているのである。旦那に頼まれた以上、顔がつぶれるようなことがあっては、稼業が立たない。

ここで、めでたくお彦と佐平は所帯《しょたい》★86をもつ。

ところで、町内の鳶の頭というのは江戸じゅうの同業の者とつきあいがあるが、上総《かずさ》（千葉県）にもあって、木更津《きさらづ》の何某《なにがし》とも兄弟分らしい。その男が頭にたのんできて、ことしの木更津の祭をりっぱにするために踊の師匠をよびたいが、たれか寄越してくれまいか、といってきた。

頭は、このことを佐平にたのんだ。佐平は承《う》けざるをえず、女房のお彦にいう。お彦は頭の妹分だから、当然ひきうけざるをえない。江戸の下町を形成している義理人情というのは、そういうものであった。

木更津までは、ゆき帰りは船で、お彦の小さな旅は六、七日ほどのものなのだが、佐平は頭たちと一緒に木更津舟の乗場まで見送りに行って、身を切られるようになげく。頭もあきれて、浄瑠璃の「朝顔日記」のなかの故事を持ちだしてどうこう言う、とい

★86 結婚すること。

うのがおちで、いわばそれっきりのはなしなのである。

東京の地理になれないタクシー運転手さんは、先輩から、
「山の手は坂で憶《おぼ》えろ、下町は橋で憶えろ」
といわれてきている。私も、橋でもって鳶の頭の大川銀作さんの家を憶えた。永代橋★87を深川へわたって、永代一丁目の町なかにある。

大川家の屋号《やごう》は「相金《あいきん》」という。

となりの大川家のガレージのシャッターの上に、江戸風の書体でそう書かれており、居宅の表壁《おもてかべ》は藍の波板《なみいた》が張られている。格子戸をあけると、せまい土間の奥に、「一番」と書かれた纏《まとい》がおかれている。芝居の舞台にまぎれこんだような気がする。

入ってすぐの間《ま》に大川さんがすっきりとあぐらをかいていた。

すわりなおして互いにあいさつを終えると、また姿のいいあぐらにもどった。

大川さんはとても明治三十九（一九〇六）年うまれの八十四歳とはおもえない。頭を剃《す》りあげているせいか、絵巻物のなかの法然★88さんのようにもみえる。品がよくて、おだやかな顔である。

写真の青井捷夫氏が、写真をとらせてください、というと、大川さんは、
「半纏《はんてん》、着なくてもいいかい」

★87 76ページ地図参照。

★88 ほうねん＝一一三三年〜一二一二年没。平安末期〜鎌倉時代初期の僧。浄土宗の開祖。比叡山《ひえいざん》に登り天台宗を学び、のちに京都の東山《ひがしやま》大谷《おおたに》で浄土宗を開いた。

大川さんは半纏を羽織りながら、

「これは、警視庁からのおわたりなんです」

と、由来をいった。父君がもらったものというから、大正時代に相違ない。

江戸期の消防制度はともかく、明治後の消防制度の変遷はややこしくて、ここに書く気にもならない。ともかくも江戸時代の町火消は、廃藩置県の翌年の明治五（一八七二）年に消防組という名になり、さらに十九世紀も終りにちかい明治二十七（一八九四）年には、私的な組織であることで廃止された。第二次大戦後の消防制度には、市町村の組織としての消防署と、消防組織法にもとづく民間消防としての消防団との二本だてになっている。

大川さんらの江戸以来の町火消は、どこにも属していない。

消防史の権威である藤口透吾《ふじぐちとうご》氏の編著『江戸火消年代記』（創思社刊）にも、「江戸の名残をとどめた町火消はすべて江戸消防記念会に属し」と、愛惜をこめて述べられており、「地元の消防団とも別個の組織のもとにおかれ、直接に火事場に出動するということはなく」、いわば文化財的存在になった、とある。

大川さんが持っておられる火消装束《ひけししょうぞく》というのは、紺《こん》も褪《あ》せ、刺子《さしこ》もすりへりつつも、持ってずっしりと重く、これを着て頭巾をかぶると、戦国武士の具足《ぐそく》のようにおもお

鳶の頭大川銀作氏を取材中の司馬さん

もしい。

江戸期の火事装束というのは、武士の場合、討入りのときの『忠臣蔵』★89の大石内蔵助★90の装束がそうだから、たれにもなじみぶかい。どちらも、江戸期の日本人の服装としては姿のいいものである。

宮村忠教授は昭和十四（一九三九）年うまれだから、頭からみれば、子か孫のように若い。

大川さんとは町内がちがっている。だから頭もべつな人である。

大川さん宅を辞して永代橋の方角に歩いているとき、

「子供のころ、頭というのはこわかったですよ」

と、宮村さんはいった。頭というのは町内ぜんぶの父親というべき存在だったという。こどもの腕白が過ぎたり、危険ないたずらをしていたりすると、頭がやってきて叱る。身にこたえたらしい。

「そのくせ、自分の父親とけんかすると、頭の家に行って言いぶんをきいてもらうんです」

となると、頭というのは、たとえばカトリック国における村の神父さんのような役割にも似ている。その教義が、一肌《ひとはだ》ぬぐという俠気《おとこぎ》と義理人情であったことは、さきの落

★89 元禄十五（一七〇二）年に起きた赤穂浪士《あこうろうし》の仇討《あだう》ちを題材にした浄瑠璃《じょうるり》や歌舞伎《かぶき》などの総称。

★90 おおいし・くらのすけ＝一六五九年〜一七〇三年没。江戸中期に実在した赤穂藩（68ページ注115参照）の家老。主君・浅野《あさの》長《なが》矩《のり》の刃傷《にんじょう》事件によりお家断絶となった後、四十六人の同志とともに仇討ちを行った。

大名の火事装束

語のなかの頭でも察せられるとおりである。

深川《ふかがわ》の〝富〟

江戸の地は、徳川家康が入部《にゅうぶ》（一五九〇）したころは、半ば以上が低湿地だった。その後、縦横に土木工事が施されつづけて市街地化した。こんにちにいたるまで東京の地面で江戸以来の人の汗が落ちなかった土は寸土もない。

深川もそうである。

元来、隅田川の河口にできたひくい洲《す》にすぎず、人の住めるような土地ではなかった。深川という地名の起源については、この洲の開拓者である深川八郎右衛門に負っているらしい。

どんな履歴の人かはわからないが、摂津（大阪府）からきたという。すぐそばの佃島《つくだじま》が、摂津から移住した漁師たちによってひらかれたことはたしかだから、深川八郎右衛門が摂津人であることにふしぎはない。

豊臣期では大坂湾沿岸の漁民の漁労技術が日本一だったことを思うと、江戸開府にあたってその地の漁民が佃島に移住したことは当然だったし、またその後深川とよばれるこの洲の開拓を摂津人がやったのも、かれらにその技術があったからだろう。秀吉の大坂市街地の建設は、主として低地の土木的改造だったのである。

ある日、家康がここに鷹狩にきた。

当時、よしなどにおおわれて人の住む気配もなかったはずだから、八郎右衛門が数人をつれてにわかにあらわれたのには、家康もおどろいたにちがいない。地名をきくと、名はない、という。

「ではそこもとの苗字《みょうじ》でこの所を称《よ》べ」

と家康がいったから深川になったという。

深川が市街化しはじめるのは、★91三代将軍家光の寛永（一六二四〜四四）のころからである。

長盛《ちょうじょう》とやらいう法印★92が発願し、幕府の許可をえて富岡八幡宮《とみおかはちまんぐう》を建てたことによる（富岡は、『江戸名所花暦』では富賀岡《とみがおか》と表記されている。★93鎌倉の★94鶴岡《つるがおか》八幡宮を意識してそうよばれていたのだろう）。

★91 一六〇四年〜一六五一年没。武家諸法度や参勤交代といった制度を整備し、江戸幕府の基礎を築いた。またキリシタンを弾圧し、鎖国体制を強化した。

★92 ほういん＝僧位の最高位。法印大和尚位を略したもの。

★93 神奈川県南東部の市。鎌倉幕府が置かれた地で、鶴岡八幡宮などの社寺や文化財が多く残る。

★94 平安中期の武将、源頼義《よりよし》が石清《いわし》水《みず》八幡宮から鎌倉由比《ゆい》郷鶴岡（今の由比若宮）に分霊を迎えて祀ったのが始まりとされる。源頼朝によって現在の地に移された。

この神社は誕生早々から江戸市民の関心をよび、寛永二十（一六四三）年には、はじめて祭礼がおこなわれた。その後、〝深川の祭礼〟は江戸市民のたのしみの一つになった。

当然ながら、門前に茶屋がならび、妓《おんな》をかかえ、色をひさがせた。

江戸が京・大坂や世界の大都市にくらべてきわだって変っていた点は、独身男性の数がいびつなほどに多かったことである。諸国から流入する者は独りものが多く、武士階級にしても、参覲交代で江戸にくる勤番侍は、みな妻を国もとに置いていた。

このため、江戸は色町が多かった。

そのうち、日本橋から木場《きば》がひっこしてきて深川の経済力が圧倒的に大きくなるのだが、ともかくも深川の発展のもとは、八幡宮とその門前町であるといっていい。

江戸史を研究する場合、三田村鳶魚《みたむらえんぎょ》★95（一八七〇～一九五二）の恩恵を蒙らずにはすまない。鳶魚は、下級の幕臣（八王子千人同心）の家にうまれたひとである。

その江戸研究は近代的な史学にもとづいているわけではなかったが、制度から風俗の微細にまでおよび、その叙述は、生理学者が人体についてのべるようでもある。

くりかえすが、深川の富岡八幡宮は三代家光のときにできた。鳶魚の『江戸ばなし』によると、五代将軍の綱吉は、どういうわけか深川がにぎわうように意をつくした、という。鳶魚は幸田露伴《こうだろはん》と同様、幕臣意識がつよく、将軍の名がでると微妙に恭々《うやうや》しくな

富岡八幡宮

★95 明治～昭和期の考証家、随筆家。江戸時代の文学や風俗、政治などについての研究を行い、江戸学研究の基礎を築いた。代表作に『江戸百話』など。

る。綱吉について、「頻《しき》りと深川の繁栄を望まれ」た、とのべている。

江戸と深川をむすぶ大橋や永代橋がかけられて、深川が孤島でなくなったのも綱吉の代であった。

もう一つ、深川を栄えさせたものがある。

大相撲であった。

当時、大相撲は「勧進相撲《かんじんずもう》」のかたちをとっていた。

この〝勧進相撲〟が、深川の富岡八幡宮にのみゆるされたのである。組織だった意味での大相撲は、この八幡宮の境内から出発したといっていい。

私は非東京人だから、ここですこしつけ加えておきたいのは、★96木戸銭をとっての興行相撲は京・大坂では豊臣時代からで、江戸よりも先行していた。江戸初期、かれら上方《かみがた》相撲は、京・大坂での興行がおわると、江戸にくだって興行したという。

江戸相撲が実力を貯えるのは、江戸時代の中期からだろう。とくに深川の富岡八幡宮での勧進相撲が出発点だったといってよく、そのころから江戸の力士に★97奥州《おうしゅう》や★98羽州《うしゅう》の健児が加わった。

深川の富岡八幡宮の境内ではじめて勧進相撲がおこなわれたのは、貞享《じょうきょう》元（一六八四）年だった。勧進とは、寺社への寄進のことである。建立やら修理の入費のためにひろく大衆から銭を募ることをいう。このため、表むきは八幡宮の主催になり、監督官庁

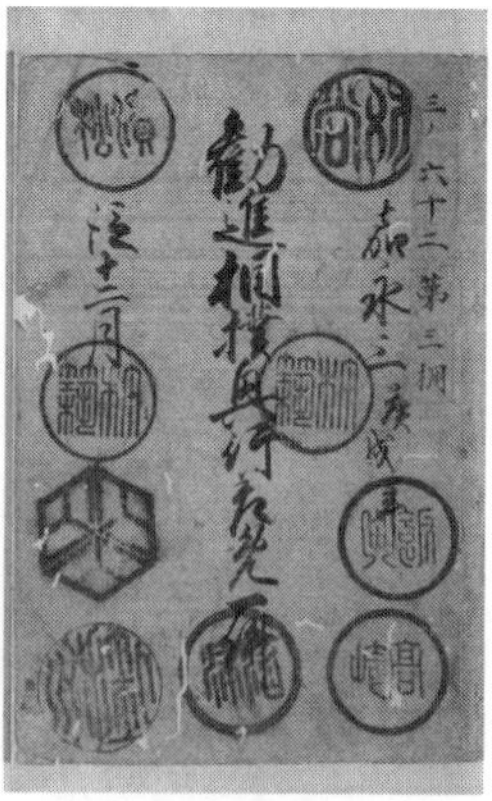
「寺社奉行一件書類」にある勧進相撲の記録

★96 きどせん＝芝居小屋などの入り口で払う入場料。

★97 陸奥国《むつのくに》の別名。現在の福島、宮城、岩手、青森四県と秋田県の一部にあたる。

★98 出羽国《でわのくに》の別名。現在の山形県全域と秋田県の大部分にあたる。

も、寺社奉行だった。大相撲にいまでも神事が加味されるのは、勧進相撲の名残りともいえる。

富岡八幡宮の境内に入ると、社殿が、★99宇佐《うさ》や★100石清水《いわしみず》、鎌倉の鶴岡などの古い八幡宮に、当然のことながら似ている。社殿を過ぎてさらに奥に入ると、大相撲にちなんださまざまな碑があって、いちいちを見ているだけで楽しめる。

徳川幕府の江戸市政のおもしろさの一つは、町民の緊張をほぐすためのさまざまな大衆娯楽をつくったことである。このうち、歌舞伎は江戸の市中で発達したが、大相撲ばかりは隅田川をわたらねば見ることができなかった。

祭礼も、日ごろの鬱懐の解消になった。

深川の富岡八幡宮の祭礼は江戸文化が熟するとともにさかんになり、当日、江戸の市中から永代橋をわたって祭礼見物にゆく人の波はひきもきらなかった。このため永代橋が落ちたこともある。

この大事故は、文化四（一八〇七）年八月のことで、千五百人余もの死傷者が出たという。「此橋勝《このはしすぐ》れて高く」（『武江《ぶこう》図説』）とあるように、江戸第一の橋といってよく、西の空に富士がみえ、北には筑波山がみえたという。それほどの橋が、人の重さで落ちた。

★99 大分県宇佐市にある宇佐神宮。応神《おうじん》天皇、神功皇后《じんぐうこうごう》、比売大神《ひめおおかみ》を祀《まつ》る。全国八幡宮の総本宮。

★100 京都府八幡《やわた》市にある石清水八幡宮。日本三大八幡宮のうちのひとつ。

富岡八幡宮にある力士碑

『武江年表』というありがたい本がある。斎藤幸成《さいとうゆきなり》（一八〇四～七八）が独力で編んだもので、家康の関東入部から明治六（一八七三）年まで、江戸でおこった大小の出来事をこまかく年表化している。

このなかの「文化四年」の項をみると、本来八月十五日の祭礼が、雨でのびて十九日になった。

当日、氏子の町々から踊りや練物《ねりもの》が出、昼四時《よつどき》（午前十時ごろ）霊岸島の山車《だし》や練物が永代橋の東詰《ひがしづめ》まできたとき、橋上にむらがっていた群衆が、橋板を踏みくずした。最初にくずれた箇所は橋の中央からやや深川寄りのあたりだったという。しだいに崩れ、ついに大くずれして、千五百人余もが水中に落ちた。

この事故は「官府より厚く令せられて」ひきあげられた水死体が大路に置きならべられ、かけつけた家族に見きわめさせた。「家族貧なるは御救《おすくひ》の物給はりたり」という。

この惨事は、蜀山人大田南畝《しょくさんじんおおたなんぽ》★101（一七四九～一八二三）の在世中のことで、狂歌がのこっている。

「永代とかけたる橋は落ちにけり　きょうは祭礼　あすは葬礼」

古典落語の『永代橋』も、惨事が背景になっている。

神田大工町に住む古手の行商人武兵衛《ぶへえ》さんが、深川の祭礼を見にゆくべく出かけ、永

★101 江戸時代中～後期の狂歌師、戯《げ》作者《さくしゃ》。戯作者の平賀源内《ひらがげんない》に認められ、狂詩集『寝惚《ねぼけ》先生文集』を出版。その後も多くの狂歌や狂詩、狂文などで文名を馳《は》せた。代表作に『万載《まんざい》狂歌集』など。

代橋まできて人の輪をみて驚くうち、財布をすられ、なにやかやで、引きかえしてしまった。すられた財布には名札《なふだ》と商売の仕入れのための一両一分が入っていて、はなはだ落胆した。

翌朝、奉行所から、家主の太兵衛あて、★102指紙《さしがみ》がきて、店子《たなこ》の武兵衛が水死した、すぐひきとりに来い、という。

「お前が死んだとよ」

家主も武兵衛同様、そこつ者なのである。

武兵衛は家主につれられて死体置場にゆくと、役人が、名札と一両一分入りの財布をかえしてくれた。「たしかに武兵衛のものか」「はい、武兵衛のものでございます」

武兵衛は大いになげいて自分の死体に抱きついたものの、やがて「すると、抱いているおれは誰だ」とくびをかしげるのだが、要するに死んだのは武兵衛の財布をすったスリだった。

土木工学者である宮村忠氏はまことに深川っ子らしく、この八幡宮の祭礼こそ東京第一だとおもっている。

境内を歩きながら、宮村さんがいった。浅草の★103三社祭《さんじゃまつり》を見物していた外国人が、この祭はなんというんです、と通行人にきいた。通行人はあいにく深川の若い者だったから、

★102 日時が指定された役所からの呼び出し状。

★103 東京都台東《たいとう》区にある浅草《あさくさ》神社（旧称、三社明神社）の祭り。毎年五月の中旬に、三日にわたって行われる。

「知らねぇよ」

といって行き過ぎたという。宮村さんは、きく相手がわるかったですよ、と痛快そうだった。

深川は、住民にとって一つの縄張《しま》なのである。そのしまの象徴が、この八幡宮だし、その祭礼が、しま誇りの爆発であるといっていい。

隅田川の河口に、佃島やら永代島やらといった洲《しま》が点々とあって、深川がまだひらけないころ、漁民たちが、沖を指さして、

――あの洲《しま》は、うちの漁区《しま》だ。

などといっていたにちがいなく、そういう気分（縄張《しま》としての居住域の意識）がひらけてからの深川にもずっと残っているのかもしれない。

江戸時代は濃厚な神仏混淆《こんこう》の時代だから、八幡宮といってもじつは真言《しんごん》宗の永代寺が別当《べっとう》になっていた。明治維新直後の神仏分離令によって、八幡宮は純然たる神社になった。

それはともかく、幕府は富岡八幡宮を庇護しつつも、社領を与えてやれなかったに相違なく、だからこそ大衆の零細な銭を大きくあつめて維持させるべく勧進相撲などをゆるしたのではないか。

富岡八幡宮の祭礼

富くじ（富突《とみつき》）もそうであった。

こんにちの宝くじとほぼおなじもので、幕府のゆるしをえて、寺社がそれをおこない、その利益で社寺の修復をするというものである。利益は、主催者側が三分ノ一ほどとった。しまいには不足がちな経常費までそれでまかなったりもした。

深川の富岡八幡宮が、江戸時代、しきりに富（富くじの略称）を催したのは、それだけ幕府の庇護が厚かったということになる。

抽選の日には、寺社奉行から人がきて立ちあうのである。

『富久《とみきゅう》』

という古い落語がある。

『明治大正落語集成』第四巻では、明治三十年、柳家小《やなぎやこ》さん★104の口演の速記が出ている。三代目柳家小さんは夏目漱石が激賞した人である。若いころ大阪へ修業にゆき、本来大阪落語のものだった『らくだ』★105『宿屋の富』★106『時そば』★107を東京にもちかえって、根っからの江戸風にまで仕立てもした。

『富久』

というのは、富くじのはなしで、深川のこの八幡宮のことが、ちらりと出てくる。

ほうぼうを酒癖のわるさでしくじり、おちぶれてしまった幇間《たいこもち》が登場する。久蔵とい

★104 やなぎや・こさん＝一八五七年～一九三〇年没。明治～昭和期の落語家。多くの上方《かみがた》落語を東京に移し、名人とうたわれた。
★105 河豚《ふぐ》で死んだ「駱駝《らくだ》の馬」という乱暴者の兄弟分が、紙屑屋を脅《おど》し、死骸を踊らせて大家などを強請《ゆす》るが酔いのまわった紙屑屋に逆に脅される。
★106 金策に追われる男が馬喰《ばくろ》町の宿屋へ泊まった。自宅に奉公人が五百人もいて、諸方の大名に何万両も貸しているとホラを吹くうちに、虎の子の一分で富くじを買わされる。千両富に当たれば亭主に半分やると約束したが、本当に千両に当たってしまう。
★107 そばの代金を払いながら時刻をたずねて勘定をごまかした客を見て、自分も真似ようと企んだ男がしくじって代金を余計に払わされてしまう。

う。久蔵があるとき富くじを一枚買うのである。

一枚一分《いちぶ》で買った。あたれば千両という夢のような大金で、噺ではこの久蔵があたることになる。

『富久』では、富の当日の描写が出てくる。

社前の神楽《かぐら》舞台のようなところが抽選場である。

そこに何万という札の入った大きな箱がおかれていて、その前に寺社奉行から役人が出役していて、★108床几《しょうぎ》に腰をおろしている。

富くじが、一名富突ともよばれるように、富の札を錐《きり》で突いて当り札をとりだしてくる。

錐で突くのは僧のしごとで、その所作はすこしばかばかしい。何のお経だか、ひとしきり読経《どきょう》して、そのあと芝居めかしく水行《みずぎょう》をする。どうも、江戸期、肉山《にくさん》(金の入る寺)とよばれた寺には、そんな阿呆らしさがある。

三代目小さんが、言う。


読経が済んで坊主が水行をして水の滴《た》れるまんま錐を持って出て参ります。

何千という人が、かたずをのんで見あげている。三代目小さんは物事に醒めた人だっ

★108 折り畳み式の腰掛。脚を打ち違いに組み、尻が当たる部分にひもや革、布などを張ったもの。

床几

たらしく、苦っぽい滑稽感をこめて、この僧侶の所作を描写している。

「突きます……」

と、僧侶が叫ぶそうである。ふたたび、

「御富《おんとみ》……」

と、僧侶が叫ぶ。三代目小さんは、

何《ど》う云う訳か御《お》の字を付けます……。

と、★109半畳《はんじょう》を入れるように言う。……そこで、僧侶が錐を突き入れる。やがて「千六百三十五番」という、久蔵が買った富の番号が突きあげられて、僧侶がその番号を、三声さけぶのである。

境内を歩いていると、心が何やら薄ぼんやり霞んできて、大相撲のどよめきやら、富が突かれるときの静まりやらがよみがえってくる。

★109 他人をからかったり、やじったりすること。

本所《ほんじょ》の吉良《きら》屋敷

さて、本所である。

深川《ふかがわ》とならんで、いわば一つ地域をなしている。深川ともども、江戸中期、遅まきに江戸化した。

その理由は、火事による。

『武江《ぶこう》年表』などをみても、江戸はじつに火事が多かった。

とくに明暦《めいれき》三（一六五七）年一月十八日から翌日にかけての「明暦の大火」（通称〝ふりそで火事〟）が江戸史上、最大のものだった。火は翌日いよいよさかんになり、江戸城にまで飛火し、天守閣が燃え落ちた。ちなみに江戸城の天守閣は、その後再建されなかった。

そのころ、隅田川にかかっている橋は千住《せんじゅ》大橋しかなく、ひとびとは川のそばまで逃げてきても、水ではばまれた。この大火での焼死者は、十万七千余人だったという。

幕府は、この大火の教訓をじつによく生かした。

このあと、消防組織ができたばかりか、火除《ひよ》けという思想のもとに江戸の市街が大改造された。まず、空地《あきち》をたくさんつくることだった。江戸城のまわりの大名屋敷をとりのぞいて空地にし、都心の神社仏閣も三田や駒込、浅草などに移し、あとは空地にした。ところどころに、たとえば〝上野広小路〟のような広い道路をつくった。

これら〝火除地《ひよけち》〟の設定のために、屋敷地をべつにつくらざるをえず、このために本所が開発されたのである。

本来、下総国《しもうさのくに》（葛飾郡《かつしかごおり》）だった本所があらたに江戸になるためには、橋が架けられねばならなかった。

両国橋が、それである。起工は、大火の二年後の万治《まんじ》二（一六五九）年だった。

また、本所という低湿地から溜まり水を抜き、満潮時や高潮による浸水から地面をまもらねばならなかった。

本所の造成についての幕府の土木能力は大したものであった。

たとえば北十間川《きたじつけんがわ》という当時としては幅の大きい運河を開削した。これによって、本所の水捌《みずはけ》は大いによくなった。物資の運搬にも役立った。北十間川は隅田川から水を分流させたもので、東流し、旧中川に通ずるようにした。またその途中、大横川《おおよこがわ》とか横十

本所の橋

間川も開削された。さらには、小名木川《おなぎがわ》も整備され、もう一つ重要なことは、南北の割《わり》下水《げすい》というものが開削されたことである。

それらの堀を掘った土を盛りあげることで地面も高くなり、浸水をふせぐことができた。

さきに本所は下総国だったといったが、橋が武蔵（江戸）と下総の両国をつないでいるところから、しゃれて両国橋と通称されるようになり、やがてそれが正称になった。

江戸のよさの一つは、地名がいいことである。響きがよかったり、また意味に趣きがあったりする。

本所割下水という地名もいい。

土木的呼称が、そのまま夏の蚊の羽音から、満潮時のかすかな潮の香まで感じさせて、風趣がある。堀の両岸には木柵が施されていたという。

『江戸真砂《えどまさご》』によると、本所が市街化する前は、田畑のための用水路だったという。

それが構造的な下水道として改造されたわけで、北と南にあり、ともに幅二間《けん》★110というものだった。

北割下水には石橋が三つ架《か》かり、南割下水には、嘉永年間（一八四八～五四）の絵図をみると、石橋一つをふくめて七つも橋がかかっていた。

★110 約三・六四メートル（一間は約一・八二メートル）。

下水というとくさく感じられるが、明治初年、三遊亭円朝《さんゆうていえんちょう》が割下水に面した旧旗本屋敷を買いとって住んだとき、北割下水から庭の池に水が引かれていたという。

そういうわけだったから、世界の主要都市の下水にくらべ、本所の割下水の水はさほど不潔ではなかった。よく知られているように、日本は世界にくらべてめずらしいほどに厠《かわや》が発展し、汲取式だったから、その種の汚物が下水に流れこむということはなかったのである。

両岸のほとんどが、大小の旗本屋敷で、大名屋敷が一つだけ（津軽屋敷）あった。

本所全体で、旗本・御家人《ごけにん》といった直参《じきさん》★111の屋敷が二百四十家ほどもあって、みな造成が完了した元禄元（一六八八）年以後の移住だった。

本所にうまれたか、住んだことのある歴史上の名士をみると、知名度の第一等に、吉《き》良《ら》上野介《こうずけのすけ》義央《よしなか》（一六四一〜一七〇二）がいる。

三河の吉良家は足利将軍家の名門で、戦国期には衰弱していた。三千二百石の旗本にとりたてられたのは、徳川家康の名家好きによる。とくに、高家《こうけ》とした。高家は幕府の儀典をつかさどる職で、見識が高く、武家でありながら公家《くげ》のようなにおいでもあり、義央はこの職をよくつとめ、千石を加増され、高家筆頭の職にあった。

かれは旗本でありながら、名門の大名との縁組をこのみ、その妻も米沢の上杉家からきた。そのあいだにできた子はおなじく上杉家に入って当主になっている。義央の娘三

★111 旗本や御家人の総称。将軍家に直属する一万石未満の武士のこと。

人も、上杉家の養女ということにして、薩摩《さつま》島津家や津軽家、酒井家などに輿入れしているのである。要するに、異常なほどに★112権門《けんもん》が好きで、その性格も傲岸だったらしい。いやなやつだったが、悪人というほどではない。

領地の三河吉良では名君だったといわれているし、げんに塩田《えんでん》をひらいたり、矢作川《やはぎがわ》の氾濫ふせぎのための黄金堤《こがねづつみ》を築いたりして、いまなお吉良では慕う人が多いという。

かれは江戸城の儀典長であった以上、その屋敷は江戸城に接している必要があった。★113鍛冶橋《かじばし》御門内の屋敷でうまれ、のち★114呉服橋御門の内に移ったのも、職掌がらというものであった。

殿中松ノ廊下において、★115播州赤穂《ばんしゅうあこう》の小大名《こだいみょう》の浅野《あさの》内匠頭長矩《たくみのかみながのり》から刃傷《にんじょう》をうけるのは、元禄十四（一七〇一）年三月十四日のことであった。当座、義央は幕閣の一部から同情され、とくに場所柄、刀に手をかけなかったのは神妙だったという評価もあった。

一方、浅野内匠頭に対する処分は、苛烈だった。芝田村町にある田《た》村《むら》右京《うきょう》大《だ》夫《ゆう》（奥州《おうしゅう》一ノ関城主）の屋敷にあずけられ、やがてその身は切腹、家は断絶ということになった。

この不公平は、世間の同情を浅野家に傾かせた。

義央はおかまいなしであった。ただ幕閣は義央に対して隠居届を出させたが、これは事件後、五カ月も経ってからのことで、ひょっとすると幕閣の感情が義央に対して冷え

★112 位が高い家柄。またその家の人。

★113 現在の東京都中央区丸の内三丁目あたり。

★114 現在の東京都中央区八重洲あたり。

★115 播州は播磨国《はりまのくに》（兵庫県）の別称。赤穂は、赤穂地方に置かれた藩。

たことを示すのではないか。その上、屋敷を本所へ移させたのである。

——浅野家の遺臣が復讐するのではないか。

ということがささやかれはじめたころで、この処置は憶測を生んだ。

もし義央が従前どおり呉服橋御門内に住んでいて赤穂浪士が襲撃したりすれば、大手御門にも近く、幕閣の責任が重大なものになる。幕閣としてはそんな目に遭いたくないために、新開地の本所へやったのではないか。同時に、討たれやすくしたのではないか。


元禄元年に、旗本・御家人の本所移転がはじまったということを考えると、元禄十四年の本所というのは、掘り割ったり、地面づくりしたあとがなまなましく、都市としての風情《ふぜい》はまだできていなかったろう。

吉良屋敷が設けられた本所一ツ目というのは、以前、幕府の御竹蔵《おたけぐら》があったところである。

その後、旗本の松平登之助《まつだいらのぼりのすけ》の屋敷ができ、そのあとに義央が入った。

大工を入れ、防禦上の手を加えて、義央が入ったのは九月二日だったという。

浪士方も、怠りはなかった。

浅野家断絶後、江戸詰《づめ》(定府《じょうふ》)だった人のなかには、擬装して町人になり、本所に住んだ人もすくなくなかった。本所二ツ目で米屋の店をひらいた前原《まえばら》伊《い》助《すけ》、同じく本所二ツ目で、屋号を美作屋《みまさかや》と称して小豆屋《あずきや》を営んだ神崎与五郎《かんざきよごろう》。それに、本所三ツ目横町で剣術指南の道場をもった杉野十平次《すぎのじゅっぺいじ》、また本所林町五丁目でおなじく剣術の道場をもった堀部安兵衛《ほりべやすべえ》などである。かれらはひたすら吉良の動静をうかがった。

吉良屋敷のあった場所を本所一ツ目とよぶのは御竹蔵時代からのよび方で、事件のあと吉良屋敷が廃されてから、松坂町《まつざかちょう》とよばれるようになった（義央在世中に〝その屋敷は本所松坂町〟というのはまちがいである）。

その本所松坂町という町名も、いまでは両国一〜四丁目となっている。

墨田区の地図をたよりにゆくと、吉良屋敷のあたりは実質的なコンクリート建物の小企業の町になっていて、「忠臣蔵」の世界のイメージなどまったくない。

ただ吉良屋敷跡のほんの一部である墨田区両国三丁目一三ノ九の角に、それを象徴するようなナマコ壁の塀が、記念碑的に造形されている。区立の公園設備である。入ると、吉良側で闘死したひとびとの名を刻んだ真新しい碑が建っている。

吉良家では、この本所の屋敷に入るとき、奉公人なども旧来の渡り奉公人はすべて解

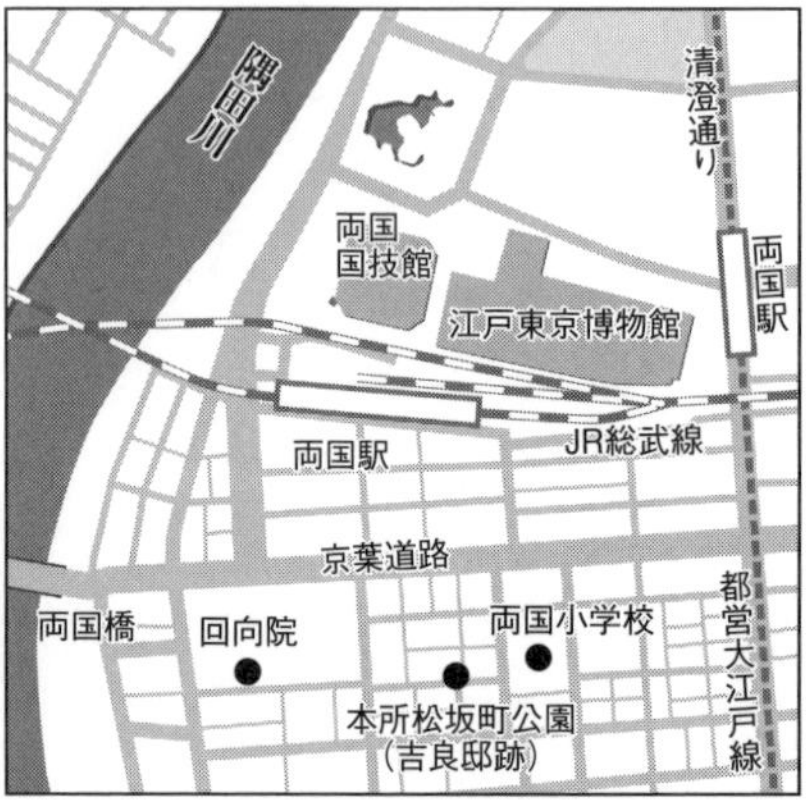

旧本所松坂町あたり

雇し、あらたに領地の三河吉良から人をよびよせるなどした。清水一学《しみずいちがく》は、その主たる者であった。

上杉家からも、小林平八郎といったような腕達者な付人《つけびと》がえらばれてやってきて、邸内で起居していた。かれらはよく闘って死んだ。闘死した者十六人、負傷者二十一人、その後、傷のために死んだ者が数人いたといわれる。

吉良邸は二千五百坪以上はあった。

表門は東で、表の往来をへだてて小旗本の屋敷があり、裏門（西）は往来をへだてて回向院《えこういん》に通じ、北は、本多孫太郎とか土屋主税《つちやちから》といった旗本の屋敷と相接していて、総じて閑静な界隈だった。

大石内蔵助は、綿密な人だった。

かれらは刃傷から一年九カ月をへた翌元禄十五年十二月十四日――というより十五日の払暁《ふつぎよう》（午前四時）討入りを決行し、成功するのだが、その間の事の運びはみごとというほかない。

ただふしぎなことは、あれだけの人数がいかに偽名などをつかっていたとはいえ、江戸に潜入して、しかも幕吏に気づかれずにすんだことである。江戸市政におけるお上《かみ》の監督と、それに密着した町方の自治というのは、なまやさしいものではなく、とくに他《よ》

吉良邸跡

所《そ》者《もの》の逗留《とうりゅう》[★116]や入《い》り人《びと》に対してじつに過敏だった。

さらには当夜、義央が屋敷にいることが確認できていたことについても、大石の苦心があったとはいえ、容易なことではなかったろう。

それらがすべてうまく行ったことの一つは、幕府の要路[★117]の人や、かれらの周辺のひとびとに暗黙裏に支援する気分があったからに相違なかった。

その当時もその後も、吉良方への同情は薄く、闘死者についてもせいぜい清水一学の名が講釈などで好意的に登場する程度である。気の毒というほかないが、しかし犬死とすべきものでもない。かれらもまた武士であったし、主家のために死ぬことがその身分の基礎になっている。古来、多くの武士は、吉良方のようにして死んできたのである。

区が建てたらしい吉良方の碑でおかしかったのは、亡き人々の名を刻んだあと、「……犠牲となられた家臣の俗名です」というふうに、及び腰の敬語で締めくくられていることである。

いかにも平和国家らしくていいが、ただ吉良方を武士としてあつかうなら、この場合、簡潔に、闘死した、と書かれるほうがかれらの名誉のためにふさわしい。

★116 旅先で、しばらく宿泊や滞在すること。
★117 重要な地位にいる人。

「忠臣蔵夜討引取之図」（大日本歴史錦絵より）

勝海舟と本所《ほんじょ》

本所深川《ふかがわ》といっても、ひとびとのにおいは落語で味わうか、まちの情趣は芝居の書割《かきわり》なんぞで想像するしかなく、現実はどうもただの下町にすぎない。

とくに本所は、旗本・御家人《ごけにん》の屋敷が多かっただけに、いまの景色とはまったくちがっており、閉口するほどに情趣がわきおこって来ないのである。

結局、ここでうまれ、あるいは育ち、もしくは住んだ歴史上の人物を考えつつ歩くしかなく、吉良上野介のつぎは勝海舟（一八二三～九九）のことをおもった。

海舟は、本所うまれである。

この人の父がおもしろい。勝小吉《こきち》（勝左衛門太郎）という小さな身分の御家人で、とびきりの器量をもちながら、身分制のなかで鬱懐し、若いころは悪漢小説《ピカレスク》の主人公そのままのくらしをしてすごした。やや老いて（といっても四十二歳、天保十四年のころのことだが）、

勝海舟

「おれのようになっちゃ、おしまいだ」

従って子孫に逆の手本を示す、ということで、自伝『夢酔独言《むすいどくげん》』を書いた。無学だったから、いわば八方破れの口語で書いている。

このため、いまとなれば国語学の資料ともなっており、また日本の自伝文学の大きな収穫になっている。

おれほどの馬鹿な者は、世の中にもあんまり有るまいとおもう。故に孫やひこ（註・この場合、ひまごのこと）のために咄《はな》してきかせるが、能く能く不法もの、馬鹿者のいましめにするがいいぜ。

率直で、なんの飾りもない文章だけに、かえって凄味がある。

以前、平凡社が『日本人の自伝』というシリーズを編んだが、「おれほどの馬鹿」とみずからいう小吉が、別巻第一に、★118山鹿素行《やまがそこう》・★119新井白石《あらいはくせき》・松平定信《まつだいらさだのぶ》・★120初世中村仲蔵《なかむらなかぞう》（一七三六〜九〇）といったひとびとの自伝とともにおさめられている。ひとえにその率直さによる。

この家系は、小吉や海舟だけでなく、尋常ならざる人物が多い。

★118 一六二二年〜一六八五年没。江戸時代の儒学者《じゆがくしや》、兵学者。山鹿流兵学を完成させるが、朱子学を批判したことで赤穂藩へ配流《はいる》となる。

★119 一六五七年〜一七二五年没。江

もともと家祖が奇抜で、どうも遠からぬ先祖は越後★121から江戸に出てきた人物だったという。この人は失明して座頭とよばれる身になり、金貸しをし、大名貸しもして一代にして巨富をきずいた。男谷★122検校★123《おだにけんぎょう》などといわれたらしい。

金ができて、名誉がほしくなったのか、末子の平蔵（小吉の父で、海舟の祖父）のために三十万両の金をのこし、旗本の株を買ってやった。

一説では、男谷検校は水戸家に対してだけでも七十万両の金を貸していたが、死にのぞんでいっさいの証文《しょうもん》を焼き、帳消しにしてしまった。この痛烈さは、小吉や海舟にもひきつがれている。平蔵に与えたのは三万両だったともいう。三万両で旗本の株を買ったとしても、気の遠くなるような大金である。

旗本が金で買えるなど、ばかなことがあったものだが、ともかくも、〝株〟とよばれていて、旗本の身分・食禄・家屋敷そっくりが、内密ながら売買の対象になっていた。一軒の旗本が、金にこまって、そのような内実の〝養子〟をとる。この場合、〝養父母〟は三万両の金をもらって身をひく。

こういう木に竹をついだような家系から、かえって武士らしい武士が出たりもした。平蔵の事歴はよくわからないが、気骨のたしかな男だったらしい。

姓は男谷《おだに》とし、氏は佐佐木源氏、家紋は重沢瀉《かさねおもだか》にした。

屋敷ははじめ深川油堀《あぶらぼり》にあって、宏壮なものだったようである。

戸時代の儒学者、政治家。六代将軍徳川家宣《いえのぶ》、七代将軍徳川家《いえ》継《つぐ》に仕え、「正徳《しょうとく》の治《ち》」と呼ばれる文治政治を行った。

★120 江戸時代の歌舞伎《かぶき》役者。忠臣蔵五段目の定九郎《さだくろう》など、優れた敵《かたき》役《やく》を演じた。

★121 現在の新潟県。

★122 琵琶《びわ》や三味線《しゃみせん》を弾いたり、按摩《あんま》や鍼《はり》などで生計を立てていた僧体の盲人。

★123 盲人としての最高の官位。

海舟の父小吉は、『夢酔独言』に、「おれは妾の子で」と書いているように傍流だったが、深川油堀の父平蔵の屋敷で育った。庭に、〝汐入《しおい》りの池〟があって、少年の小吉は夏は毎日池で泳いでいたという。

この深川の屋敷は、〝汐入りの池〟で想像できるように地面がひくく、「たびたびの津波故、本所へ屋敷替えをおやじ（註・平蔵）がし」た（『夢酔独言』）。

旗本の屋敷地は将軍から拝領するものだったから、本所へ移るについては幕府へ願い出るなど手続が大変だったはずである。

場所は、本所亀沢町である。むろん、新築だった。

いまも、亀沢の地名はある。

元禄七（一六九四）年ごろは亀沢町あたりは野原だったようで、元禄よりすこしあとの宝永年間（一七〇四～一一）、本所の町造りの一部としての下水《げすい》の★124埋樋《うずみひ》の工事のための用地とされていたという。まだ家の数はすくなかったろう。

しかし男谷家が越してきたころは、町方《まちかた》はすきまもなかったようで、少年の小吉はそういう町方の子供とよくけんかをしたという。気のつよい子だったから、「亀沢町にておれに無礼をするものはなくなったよ」（同前）などと、ばかな自慢をしている。

小吉が、男谷家から勝家という御家人の家に養子にゆくのは、この本所亀沢町におい

深川油堀（現・江東区佐賀近辺）

★124 用水を送り流すため、土の中に埋められた管状の装置。

てであった。

新築の邸内の表長屋に、小吉は勝家の姑《しゅうとめ》である「ばばあどの」（同前）と一緒に住んだ。この姑は意地がわるくて、「おれをまい日まい日いじめさったが、おれもいまいましいから、出放題に悪態《あくたい》をついた」（同前）そうである。小吉の八歳のときだった。

おそらく男谷家は、小吉を勝家の養子にするについては「ばばあどの」に相当な金を持参金としてわたしたにちがいないが、それでも姑は〝養子にもらってやった〟ということで、恩着せがましかったのだろう。

小吉は十四歳で家出をし、江戸を脱出して四カ月後に舞い戻ってきた。幕臣は、ゆえなく江戸をそとにできないのに、小吉は法をやぶったことになる。これについて勝家の組頭《くみがしら》の石川右近将監《いしかわうこんしょうげん》は寛大で、〝帰ってきて、まあめでたい〟といってくれて、おさまった。

本家の男谷家は、やがて平蔵が隠居をし、小吉の兄の彦四郎が当主になった。

男谷彦四郎はどうもりっぱな人物だったらしい。

その子で、やがて当主になる精一郎（一七九八～一八六四）にいたっては文武両道に秀で、幕臣の鑑《かがみ》のようにいわれた。

幕末、幕府が官設の武道大学というべき講武所を設けると、精一郎は八万騎のなかからえらばれて頭取になり、従五位下《じゅごいのげ》下総守《しもうさのかみ》という大名なみに叙任され、西丸《にしのまる》留守居格に

班《はん》せられた。邸内に剣術道場をもち、
「本所の男谷道場」
といえば、格式の高さで聞えたものであった。

そのことはともかく、勝小吉は十八歳のときに独立した。女房をお信という。
「兄（註・彦四郎）の庭の内へ普請をして引き移った」（同右）。やがて一子海舟がうまれた。海舟が本所亀沢町のうまれであるというのは、そういうことなのである。

小吉は、一つ所に落ちつかぬ男だった。数年後に、本家の邸内にいることがつらくなったのか、「外宅《がいたく》」をした、という。外に家をもつということを外宅をする、というのは当時の用語だったのだろう。移った所は、本所割下水《わりげすい》であった。

小吉の勝家の家禄★125は四十一石で、これでは暮らしが立たなかった。

勝家だけでなく、武士で家禄だけで食えるというのはまれで、役にありつき、役料をもらってやっと食べてゆけるのである。が、小吉は容易に役がもらえない。

役のないものを、無役とか非役、不勤、小普請《こぶしん》などといった。

小吉もあちこちの権門に頼んだりしたが、乱暴や不行跡《ふぎょうせき》、さらには無学などがたたって生涯無役だった。これがため小吉によると親類からばかにされていたし、かれ自身、世をうらめしくもおもっていた。

★125 主君から家臣に与えられる俸禄《ほうろく》。原則として子孫に世襲されるが、功罪によって増減、あるいは剝

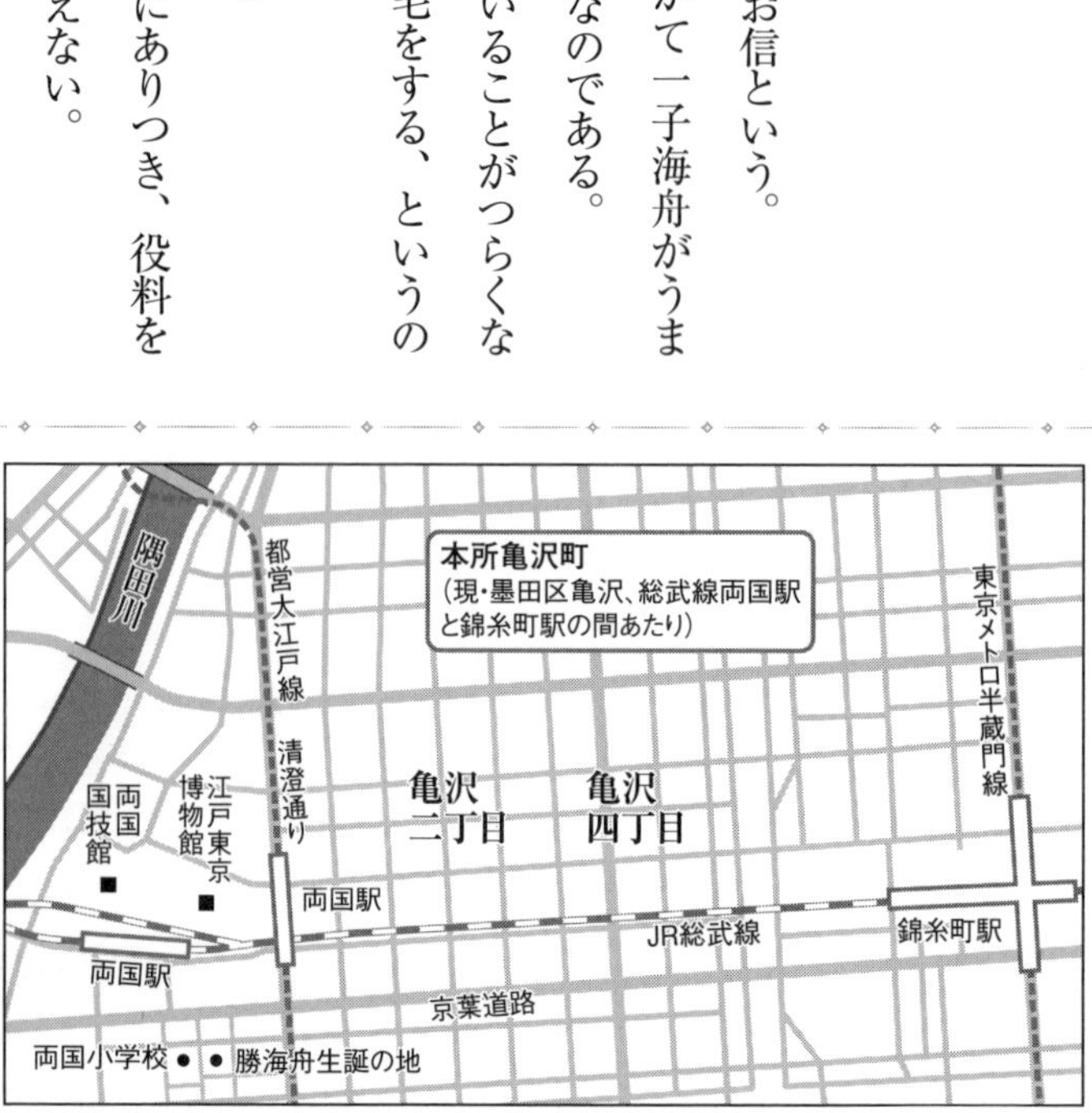

旧本所亀沢町あたり

要するに気質的な不平家で、海舟の生涯を考えると、子であるかれにもそういう遺伝的な性格があったのではないか。

海舟は出処進退に淡白なようにみえて、立身への欲望の屈折したところがあった。私は海舟がすきだし、そのえぐさまでが好きである。かれが咸臨丸《かんりんまる》でアメリカへゆきたいという案を幕閣に出したのは日本男児の心意気を示す国家的な事業であったとはいえ、それまで幕臣として旗本なのか御家人なのかよくわからないかれの身分が、艦長になることによって一挙にお目見得《めみえ》以上の資格を得る、という計算があったことはたしかなように思えるのである。

その献策が容《い》れられ、いざ人事が発表されると、素人にちかい木村摂津守《きむらせっつのかみ》が船将《アドミラル》に任命された。勝は操船長といったような役にすぎなかった。

出港しても船酔と称していっさい操艦指揮をせず、船長室のドアをとざしてひきこもってしまったのは、この不満によるものだったろう。

突如太平洋の真中で、ボートをおろせ、いまからおれは江戸へ帰る、と言ったのも、その鬱懐によるとしかおもえない。

海舟は幕府の門閥主義をにくんでいた。

帰国後、老中から〝アメリカ国はどんな国か〟と問われたとき、皮肉をこめて、

——賢い人が上になっている国でございまする。

奪が行われ、武士の身分判定の規準とされた。

咸臨丸

といって、満座を白けさせたのも、海舟の鬱懐による。かれの鬱懐は、もはや思想になり、世界観にまでなっていたはずである。かれは、幕府という封建体制では日本国は運営できぬとまで思っていたし、ひそかにひとにも洩らしたかと思える。

海舟は、その後もお役をつとめたり、また危険視されてやめさせられたりした。勝の夫人は、家計をまもる立場から、夫が無役になるたびに身をちぢめていたという。幕臣にとって無役ほどつらいものはない。

さて、少年のころの海舟のことである。そのころ、小吉は本所からべつのところに移っていた。正月が近づいても餅を買うことができずにいると、本所（男谷家）から使いがきて餅をとりにこい、という。海舟の晩年の回想的な談話集である★126『氷川清話《ひかわせいわ》』にその情景が出ている。

おれが子供の時には、非常に貧乏で、或る年の暮などには、どこにも松飾りの用意などして居るのに、おれの家では、餅を搗《つ》く銭がなかつた。ところが本所の親属の許《もと》から、餅をやるから取りに来い、と言つてよこしたので、おれはそれを貰ひに行つて、風呂敷に包んで背負ふて家に帰る途中で、ちやうど両国橋の上であつたが、どうした機《はずみ》か、風呂敷が忽《たちま》ち破れて、せつかく貰つた餅は、みんな地上に落ち散つ

★126 勝海舟の出会った人物や当時の時局に関する批評などを綴《つづ》った自伝。

てしまつた。

いまのように街灯がないから、足もとは真闇《まつくら》でさがすにもさがしようがない。「二ツ三ツは拾つたが」と、海舟はいう。おそらく暗闇で餅を手さぐりでさがしている自分が、子供心にみじめだったのだろう、その気分を海舟はことさら簡潔に（ぐずぐず心境をのべないというのが江戸っ子の型だが）、「あまり忌々《いまいま》しかつたものだから」その二ツ三ツを「橋の上から川の中へ投げ込んで、帰つて来たことがあつたつけ」と語っている。

おもしろいことに、『海舟言行録』には、結婚してこどもができたころの話になっている。海舟の子供が近所の餅つきをうらやましがるので、夫人が実家にたのむと、海舟自身にとりに来いという。海舟がとりにゆき、途中、女房の実家にあわれみを乞うようでは男いっぴきとして自立はできぬ、と思って、橋の上から風呂敷ごと川の中になげこんだ。

この二つの挿話は、どちらかが海舟の思いちがいとも解することができるが、ひょっとすると海舟のような強烈な性格では、おなじ局面になると、おなじ行動をくりかえすのではないか。

前後も考えずに餅を川にほうりこむのも、職を辞するのも、おなじ精神の発作による。海舟の生涯は、水ぎわだって、そんなことをくりかえしている。

これは半ば冗談だが、★127将軍慶喜から全権を委任されると、新政府代表の★128西郷隆盛に対し、江戸そのものを風呂敷ぐるみくれてやったという行動も、似ているのではないか。

むろん、周到な思考と手配りがあっての上での決断だったが、役者としての水際立《みずぎわだ》ちは、海舟以外には考えられない。

海舟がうまれ、本家の所在地だった本所亀沢町は、いまは変哲もない街並がつづいている。

私は歩き疲れてのどがかわいた。喫茶店に入ると、近所の若い職人らしい人が一服し、また工事関係の作業服をきた人がカレーライスをたべているといった感じで、まことに下町らしい。

律義《りちぎ》なほどに白い木綿の上シャツを着た職仕事の隠居ふうの老人が、

「ねえ、そこに『ピース』あるかい」

と、女主人にいった。

女主人は、感じのいい笑顔で、〝ねえ、××屋のおとうさん、きのうもそうおっしゃったけど、うちはたばこの買い置きはしてないのよ〟とことわった。そういわれて老人は女主人以上にいい笑顔になり、

「そうだったんだ、おれこのところどうかしてるよ」

★127 徳川慶喜《とくがわよしのぶ》。一八三七年〜一九一三年没。江戸幕府第十五代にして最後の将軍。慶応三（一八六七）年に朝廷に政権を返上した。その後も徳川家の権力維持を図るが、鳥羽《とば》・伏見《ふしみ》の戦いで新政府軍に敗れ、江戸城を明け渡した。

★128 さいごう・たかもり＝一八二七年〜一八七七年没。明治維新の指導的政治家、軍人。薩摩《さつま》藩（鹿児島県）の下級武士出身。長州藩（山口県）と倒幕のための同盟を結ぶ。戊辰戦争（132ページ注169参照）では各地で指揮をとり、明治政府でも中心的存在となった。

といった。

本所《ほんじょ》の池

江戸末期から明治にかけての歌舞伎狂言の作者としての★129河竹黙阿弥《かわたけもくあみ》（一八一六〜九三）の存在は、不滅といっていい。

義孫河竹繁俊《かわたけしげとし》（一八八九〜一九六七）の『河竹黙阿弥』（吉川弘文館刊）によると、自分の死期まで予見していたらしい。

明治十四（一八八一）年、かれが六十六歳のある日、

おれは長命をしても七十七までは生きていることにしよう。（『河竹黙阿弥』）

といい、また死ぬ前年の七十七歳の春四月、秘書のような仕事をしている長女の糸をよんで、「おれは来年は死ぬから」といい、なが年よくしてくれた、と礼を言った。

★129 町人社会を扱った世話物や明治初期の新風俗を取り入れた散切《ざんぎり》物《もの》など三百六十編以上の作品を手がけ、江戸歌舞伎の大成に貢献した。

そのことばどおり、七十八歳の正月、二十日のわずらいで死んだ。自分の生涯まで一場の劇としてみていたようである。

明治二十（一八八七）年七十二歳のとき、生涯の整理のつもりで浅草馬道（台東区）の家を弟子の三世河竹新七《しんしち》（一八四二～一九〇一）にあたえ、自分は本所に移った。場所は、本所南割下《わりげ》水《すい》の北側で、当時南二葉町《みなみふたばちょう》といい、いまは★130墨田区亀沢二丁目になっている。

すでにふれてきたように、江戸時代、南北の割下水の両側はいわゆる武家地だった。明治維新後、旧幕臣の静岡などへの退転などで、空地が多かったはずである。

なにごとにも設計上手の黙阿弥は、敷地をひろくとって、家屋は小さくした。自分の死後、家が大きければ遺族にとってわずらわしかろうと思ったのである。

庭をひろくし、汐入《しおい》りの池もつくった。

汐入りの池とは、海魚を飼うために海水が流れこむようにした池ということだが、さきに勝海舟の本家の男《お》谷《だに》家の深川の屋敷に汐入りの池があったことを思いださせる。水《みず》捌《はけ》のためであった。

割下水については、すでにふれた。

いまは、むろんない。大正十二（一九二三）年の関東大震災後に、地下排水路になっ

★130 78ページ地図参照。

てしまい、その後戦災にも遭い、そのうえ、ちかごろ街が変って、黙阿弥がどのあたりにいたのか、私にはさがしあてられなかった。

ともかくも本所での用心は、排水と出水だった。河竹繁俊の右の本にも、「土地をもとめ、溝を掘り」とある。

河竹家は、文運のつづく家である。黙阿弥の死後、糸が、★131坪内逍遙（一八五九〜一九三五）に相談し、信州《しんしゅう》出身の若い演劇研究家繁俊を養子にした。繁俊がのち早大教授にして同じく同学の演劇博物館長を兼ね、日本における演劇学を確立したひとであることはいうまでもない。

繁俊の次男登志夫《としお》氏★132（一九二四〜）が、物理学の出身であることもあって、演劇学に物理学の場の理論を導入したり、比較演劇学を展開した。さらには『作者の家――黙阿弥以後の人びと――』（講談社刊）というすぐれた作品も書いている。

そこには、

> 何分低い土地なので家の周囲を地上《じあ》げする必要と、水と泥棒の用心とを兼ねて、通りに面していない三方の側面にはかなり幅の広い堀（傍点、引用者）をめぐらしてあった。

★131 つぼうち・しょうよう＝明治〜昭和前期の小説家、劇作家、評論家。評論『小説神髄』で写実小説論を唱えた近代文学の先駆者。シェイクスピアの研究や翻訳も行う。

★132 二〇一三年没。

とあって、溝というより堀というべきものであったらしい。

繁俊夫人みつの実家は、日本橋の両替町の日本銀行のむかいにあり、嫁にきて住んだ本所は、ずいぶんちがった土地だったようである。たとえば正月になると、町内の鳶《とび》の者が獅子を振りに来た、という。

……玄関からすぐの座敷へあがりひとしきり舞って「おめでとうござい」と、祝儀を受けて帰っていくのである。(『作者の家』)

異郷のような思いがしたろう。

話が、かわる。

三遊亭円朝《さんゆうていえんちょう》(一八三九〜一九〇〇)も、その成熟期の明治九(一八七六)年、浜町から移ってきて、本所割下水のそばの南二葉町に住んだ。

円朝は本所に十年住んだが、黙阿弥の本所移住はその直後ぐらいで、かさなっていない。

黙阿弥の家の敷地も五、六百坪あったようだが、円朝の家も、永井啓夫《ながいひろお》氏の『三遊亭圓朝』(青蛙房刊)によれば、五百坪を五百円で購入した。もとは旗本の下屋敷だったところだという。『三遊亭圓朝』のなかで、永井氏は円朝と交友のあった★133鏑木清方《かぶらききよかた》(一

★133 日本画家。江戸浮世絵派の水野

八七八〜一九七二）の「墨東随想」（昭和三十六年四月十九日、「産経新聞」所載）を引用されている。

……北割下水から水を引いて池をこしらえた。

円朝も、池を掘ったのである。

江戸期のはなしになるが、本所割下水ができてほどもない安永三（一七七四）年刊の『江戸近所名集』に、北割下水について、「蛙、葭雀《よしきり》[★134]など多し」とある。鏑木清方が見た明治末年のころ（？）には、底に水がよどんで、軒のひくい平家《ひらや》がならび、侘《わ》びしいところだったという。

自然、蚊が多かった。本所深川名物などといわれた。

昭和四十年代のはじめまで元気だった古今亭志ん生《ここんていしんしょう》[★135]（一八九〇〜一九七三）はなんとも名状しにくい芸風をもった名人だった。

滑稽噺《ばなし》だけでなく、円朝以来の人情噺がうまく、そのくせ噺を押しつけるようなくどさはなかった。

主題という鬼を組み敷きながらも縛ろうとはせず、縛るべき荒縄を口にくわえたまま

年方《としかた》に入門、のちに本格的絵画に進む。情緒《じょうしょ》豊かな風俗画や美人画を得意とした。

★134 葦原《あしはら》で見られるスズメ目の鳥。葦の茎の先にとまり、大きな声でさえずる。

★135 落語家。天衣無縫の独特な芸風で人気を博する。得意の演目は『火焔《かえん》太鼓』など。

一見八方やぶれでいて、自然に主題を鎮めてゆくというふうだった。生得としか言いようがない[136]。

生得といえば、声にごくかすかな悲しみというか、あわれがあった。

このために円朝が創造した江戸の市井《しせい》の小悪党を演じていると、人間にうまれてきたための生来のかなしみがにおい、このあたりが、志ん生の芸をたかだかとしたものにしていた。

若いころの志ん生は、女道楽をのぞいた酒とばくちという放埓の虫にとりつかれていて、妻帯してもやまらず、貧乏の底に大穴があいたような暮らしをしていた。

そのあたりのことが、自伝『なめくじ艦隊』（平凡社刊『日本人の自伝』第21巻）に出ている（志ん生についての評伝には結城昌治《ゆうきしょうじ》氏の『志ん生一代』――朝日新聞社刊――があり、すぐれたものである）。

志ん生は永住町《ながずみちょう》（新宿区）の床屋の二階にいたときに所帯をもち、間代が払えなくて追いだされ、田端にすこし住んで同じ事情で追いだされ、笹塚（渋谷区）に移って極貧のくらしに堕ちた。ここも夜逃げ同然で出て、本所の業平町《なりひらちょう》に越してくるのである。震災後、数年あとだったらしい。

「……業平なんていうと、むかしの業平朝臣《なりひらあそん》なんか連想したりして、ちょっといきなと

★136 備えがなく、至るところ隙《すき》だらけであること。

ころのように思われるけれどもどういたしまして」(『なめくじ艦隊』)

と志ん生はいう。

いまは面目が変っていて、一丁目から五丁目までいい感じの街並がつづいている。たとえば業平五丁目に、能面の博物館があったりする。

業平という名は、昭和初年まであった天台宗南蔵院の境内に、業平天神という小さな祠《ほこら》があったところからついた。

志ん生が浅草の寄席の楽屋にいると、

「……変な人がやって来ましてネ」(同前)

家賃の要らない家があるという。

「本所の業平ですよ、六畳と二畳の家で家賃がタダ……」(同前)

本所に行って長屋をながめてみると、震災後いちはやく建てられた家らしいが、

「そこいらは池みたいなところだったのを埋めたてて建てたもんで」(同前)

という。

江戸・明治期には、本所の屋敷のなかや空地にわざわざ池を掘っていたのに、昭和初年になると、それを埋めたてて家を建て、人に貸すという乱暴な時代になった。

雨がふると、そこらじゅうの水がこの長屋に押しよせて、

墨田区業平

「一面海みたいになって、家の中へ水が入ってくる」（同前）

というものだった。

その後、震災復興がすすむと住人はみなみなひっこしてしまい、志ん生が入ったころは、ぜんぶ空家だった。結城昌治氏の『志ん生一代』によると、いまの本所税務署の裏あたりらしい。

大家《おおや》さんというのはおそらく差配《さはい》[★137]だったのだろう。その人もこまっていて、志ん生が噺家《はなしか》だときき、そんな陽気な人が入ってくれるならだんだん人も入ってくるだろうということでただで入れた。このあたりのとぼけようは、文化というしかない。

蚊となめくじがすさまじかった。

長屋じゅうが空いていて、夜になると志ん生の家一軒だけが電灯がつく。そのあたりの蚊がみなこの家にあつまってきた。夜、志ん生が帰ってきて〝ただいま〟というと、口の中にまで入ってくるから、すぐさま蚊帳の中にもぐりこんで、一息ついたりした。

いまどきの本所では、こんなばかな家はない。

ないといえば、業平橋がかかっていた南北六キロ余の大横川《おおよこがわ》も、いまは「大横川親水公園」などと名がかわって、公園になっている。

★137 持ち主の代わりに、貸家などを管理すること。また、その人。

〝親水〟という土木上のことばは私がもっている国語辞典にはまだ載っていないが、ともかくも旧用水やら古川の切れ端やらを埋めたてるかわりに一本にまとめ、水流と岸辺《きしべ》の緑を調和させて公園化したもの、という意味のようである。

都市には、言語情報から湧きあがってくるイメージがあって、実体と離れて美化されたりもする。とくに江戸・東京の地名は、文学や演劇に登場して、イメージがふくらんでいる。

江戸時代の本所割下水には、閑静というほかに、凄味もあったのではないか。

人情噺に、『中村仲蔵』というのがある。

歌舞伎俳優の初世中村仲蔵《なかむらなかぞう》(一七三六〜九〇)の芸の苦心談をテーマにしている。

仲蔵は深川小松町のうまれで、渡し守の甥《おい》ともいわれ、門閥出身ではなかった。

歌舞伎は階級制がつよく、最下級は人足《にんそく》とよばれ、舞台裏でもハダシで歩く。そのあと大部屋、中通《ちゅうどおり》、相中《あいちゅう》をへて上分《かみぶん》あたりでふつうおわるのだが、仲蔵は名題《なだい》にのぼった。

この中村仲蔵に『月雪花寝物語《つきゆきはなねものがたり》』という自伝があり、また晩年が明治期に入る三代目中村仲蔵にも、『手前味噌』という自伝がある。

初世が市村座に出て『忠臣蔵』の定九郎をやったとき、それまで山賊同然の赤《あか》っ面《つら》だった定九郎を、色白で黒羽二重《くろはぶたえ》★138、浪人姿のいまの定九郎に変えたという。なにしろもと

★138 家紋の入った紋付《もんつき》など、礼装用の和服。

は浅野家の家老の子だから、いままでの山賊同然の型はおかしいと仲蔵はおもったのである。

私は正蔵《しょうぞう》あらため★139林家彦六《はやしやひころく》（一八九五～一九八二）のカセットで、この噺をきいた。

仲蔵が、役づくりにこまりはてている。

ついに妙見様《みょうけんさま》に願をかける。七日目の満願の日になっても工夫がつかず、参詣の帰路、本所割下水にまでさしかかると、はげしい夕立に出遭った。

もよりのそばやにとびこみ、「そばぁ、あつらえて」と、彦六は言い、注文して、とはいわない。そこへがらっと戸があき、べつな客が入ってくるのである。見ると、このあたりの貧乏旗本らしい。

その人物は入るとすぐ土間へ傘をなげすてた。

頭から濡れそぼっていて、土間に立ち、伸びて濡れたサカヤキをなでた。★140中高《なかだか》のいかにもいい顔である。このころ、中高を男女ともいい顔とした。

黒羽二重のきものがふるびたために、仕立てかえて裏を出している。

仲蔵のとなりにすわり、酒を注文した。仲蔵はたまりかねて、「殿様」とよびかけた。

江戸では、小旗本でも殿様とよぶ。

きくと、にわか雨で傘を借りたところ、

「破《や》れた（やぶれた）傘を貸しやがった」

★139 大正～昭和期の落語家。八代目林家正蔵。二代目三遊亭三福（三代目円遊）の一門に加わり、人情噺や怪談噺を得意とした。

★140 鼻筋が通っていること。

という。日頃のつきあいがしのばれるのである。

「殿様、そのお月代《さかやき》はどのくらいで」

半年もお剃りになっていないのか、というほどの意味で問うた。旗本は苦っぽく笑って、床《とこ》へゆくにもぜにがない、と言い、やがて酒をぐっと呑みほすと、

「代《だい》はここへおくぞ」

といって、びゅっと出て行った。

噺では、これが定九郎の型になった、というのである。

本所割下水は、夕立にふさわしい。道路中央を割った堀の両側の柳がざわめき、路面が水びたしになって、破《や》れ傘《がさ》の侍が道を跳ねるように駈けてきて、小さなそばやにとびこむ。

本所割下水でなければ、〝定九郎〟が誕生する情景は出て来ないのである。

文章語の成立

文章語もまたその国の言葉だから、社会のすみずみまで共有されるべき性格をもっている。

「なにをいってるんだか、チンプンカンプンでわかりゃしない」

という言い方は、江戸で多用された。チンプンカンプンとは、三好一光編『江戸語事典』（青蛙房刊）に、「儒生の漢語に対する庶民の冷笑語」とあり、漢文・漢語のことらしい。

もっとも前田勇の『近世上方語辞典』（東京堂刊）や『上方語源辞典』（同上）では上方のほうがさきらしいが、そのことはどうでもよく、要するに一国の文章語がチンプンカンプンだと、法も経済も興らない。

江戸期もまた江戸期的な文章日本語が発達し、ひとびとに共有されていた。

しかし、革命が押しながした。

といって、すぐさま明治の文章が興ったわけではなかった。

明治中期まで、文章はそれぞれが縄でもなうように手作りでつくった。★141徳富蘇峰《とくとみそほう》（一八六三～一九五七）のように針金でなったワイヤーのような漢文訓《よ》みくだしの文章があるかとおもえば、絹糸でなった戯作者《げさくしゃ》ふうのものもあり、さまざまだったが、共通しているのは日常語とかけ離れた文語であったことはいうまでもない。

漢文的な文語については、たとえば漢字についても、すでに維新以前（一八六六）、★142前《まえ》島密《じまひそか》（一八三五～一九一九）によって「漢字御廃止之儀」として献白されたりした。しかしながら、維新後はむしろ漢字時代というべく、西洋のあたらしい法制、経済、哲学用語は、造成の漢語として対訳された。前島自身——かれは郵便制度の創始者だったが——英語の mail あるいは post を、郵便という見なれぬ漢字でもって対訳した。

あたらしい文章語がつくられてゆく過程で、漢文やら西欧語やらを工具にして削られたり、合成されたり、あるいは鋳《い》られたりした。

——文章の目的は、達意である。

と、漢文訓みくだし調の徳富蘇峰でさえそう言いつづけた。★143福沢諭吉（一八三四～一九〇一）は、

——サルでも読めるように。

★141 明治～昭和期の評論家。作家の徳冨蘆花《ろか》の兄。民友社という出版社を設立し、月刊誌「国民之友」や日刊紙「国民新聞」を発刊する。

★142 郵便制度の調査のためにイギリスへ渡り、帰国後は明治政府の駅逓頭《えきていのかみ》となる。日本の近代的な郵便制度の基礎を築いた。「切手」という名称を定めた人物でもある。

★143 ふくざわ・ゆきち＝明治時代の思想家、教育者。江戸に蘭学塾（のちの慶應義塾）を開く。欧米を視察し、その文明を紹介した『西洋事情』、人間平等と自由独立をうたった『学問のすゝめ』がベストセラーとなった。

と、いった。

注目すべきことは、あたらしい文章語への右のような沸騰は、文明開化の発信地であった東京でおこなわれたことである。

そのような状況のなかで、あたらしい文章を手さぐりしているひとびとから、三遊亭円朝の噺が注目された。円朝の噺が、近代文章語の成立のための触媒としてはたした作用はじつに大きい。

円朝は、巨人というほかない。

創作家でもあり、★144『真景累ケ淵《しんけいかさねがふち》』や★145『怪談牡丹燈籠《かいだんぼたんどうろう》』、あるいは★146『塩原多助一代記《しおばらたすけいちだいき》』などを創作し、口演した。登場人物の人間的造形も、みごとなものだった。

円朝は、明治十七（一八八四）年四十六歳のとき、速記者若林玵蔵《わかばやしかんぞう》らのすすめで『牡丹燈籠』を速記させて出版した。この影響は、じつに大きかった。

坪内逍遙が速記原稿を読んで感心し、序文を書いた。逍遙は円朝の語りかたのなかに、文章語のあたらしい方向を見たらしい。

といって逍遙の序文は円朝よりもはるかに旧態で、円朝がやさしいことばで人間描写をしているのについて、逍遙は、「宛然《さながら》まのあたり、萩原某に面合《おもてあ》はするが如く阿露《おつゆ》の乙女に逢見《あひみ》る心地す」などと書いている。

★144 怪談噺《かいだんばなし》。金銭問題から旗本の深見新左衛門が鍼医《はりい》宗悦《そうえつ》を殺してしまったことが発端となり、世代を超えて長く続く不幸の連鎖が紡《つむ》がれる。

★145 中国の小説集『剪燈新話《せんとうしんわ》』に収録されている「牡丹灯籠」をもとに、実際に伝わる怪談や旗本家の実話などを盛り込んで創作された作品。幽霊になった女お露《つゆ》が、「カランコロン」と下駄《げた》の音を鳴らしながら愛する男の

逍遙は、序文の冒頭にいう。

およそありの儘《まま》に思ふ情《こゝろ》を言顕《いひあら》はし得る者は知らず〱いと巧妙《かうめう》なる文《ぶん》をものして自然に美辞の法《のり》に称《かな》ふと士班叙《すぺんさあ》の翁《おきな》はいひけり。

などと、まことにむずかしい。

円朝は風の吹くような俗語で、『牡丹燈籠』の冒頭を、以下のように語っている。

……こゝに本郷三丁目に藤村屋新兵衛といふ刀屋がございまして、その店先には良き代物《しろもの》が列《なら》べてある所を、通りかゝりました一人のお侍は、年の頃二十一、二とも覚《おぼ》しく、色あくまでも白く、眉毛秀《ひい》で、目《め》元《もと》きりゝつとして少し癇癪持《かんしやくもち》と見え、鬢《びん》の毛をぐうつと吊り上げて結《ゆ》はせ、立派なお羽織に結構なお袴を着け、雪駄を穿《は》いて前に立ち、背後《うしろ》に浅葱《あさぎ》の法被《はつぴ》に梵天帯《ぼんてんおび》を締め、真鍮巻《しんちうまき》の木刀《ぼくとう》を差したる中間《ちゆうげん》が附《つき》添ひ……。

いまとなればなんでもない描写だが、明治十七年当時、知識人が持っていた文章語では、こうはいかなかったのである。

もとへ通うシーンが有名。

★146 百姓の養子になった塩原多助が、苦労の末に豪商となるという出世物語。江戸で炭屋を開業した塩原太助の実話を元にしている。

円朝が展開したのは人情噺《にんじようばなし》という分野であったことはすでにふれたが、物語を語るという点では、講釈（講談）に似ている。講釈は『太平記』[★147]読みから出たといわれて、落語よりも古いのだが、語り方に説明が多く描写がすくない。

明治二十三（一八九〇）年うまれで、若いころ本所に住んだことがある古今亭志ん生《ここんていしんしよう》が、自伝『なめくじ艦隊』のなかで、落語と講談とのちがいを語っている。

（落語は講談とちがって）あくまでも対話を主としてしゃべる。たとえば講談ですと、

「――路地に入って突きあたりに、あらい格子《ごうし》があります。こいつへ手をかけてガラガラッと開けて、足を中へ入れながら、『エ、ごめん下さいまし』と、奥から出てきたのは、年のころ四十五、六と見えますでっぷりとふとっていい男でありまして、『ああ、いらっしゃいまし』……」

というふうなのが講談なんです。これを人情噺ですと、

「オ、路地だな」――こうしをあけるかたちをして――「ごめん下せえまし」「だれだい、オ！」……。

こんな工合《ぐあい》なんですよ。つまり説明しないで、雰囲気でしゃべっていくのが人情噺なんですよ。

★147 たいへいき＝後醍醐《ごだいご》天皇の討幕計画から南北朝の混乱までを描いた軍記物語。

つまり落語は、湧くように語る。

私が本所深川を歩いているとき、週刊の雑誌「AERA」(一九九〇年七月三十一日号)に、志ん生の子の古今亭志《し》ん朝《ちょう》についてのことが出ていた。

志ん朝も五十を越えている。

芸熱心なひとだが、聴き手が古典鑑賞のようにむきになると、閉口してしまうらしい。噺のテーマについても、「テーマなんてえものは、なーんにもないんです……うっかりオナラしちゃったようなもので」という。

噺家っていうのは、はたから見りゃあ、じつにいい加減な商売ですよ。それを自分の天職だと思って食っていこうとするから、粋《いき》なんですよ。

右の志ん朝のことばから明治の円朝をさかのぼって察することができる。

ところで、文章語の成立ということだけでなく、明治の東京人は、日常語の整理やら秩序化ということにまで落語から多くを得ていた。

★148セルゲイ・グリゴリエヴィッチ・エリセーエフ(一八八九〜一九七五)も、明治の東

★148 ロシア生まれの日本学者。来日し、東京帝国大学在学中に夏目漱石《そうせき》らと親交を結ぶ。のちにハーバード大学の教授となり、多くの日本学者を育てた。

京人だった。

かれが世界の日本学《ジャパノロジー》の基礎をつくった人であったことはいうまでもない。

エリセーエフは帝政ロシア時代の富豪の家にうまれ、幼少のころにフランス語を学び、ロシア語と同様、母国語にちかかった。十歳のときドイツ系の学校にまなび、十一歳のときパリ万博を見に行って、日本館を見、東洋に関心をもった。

そのあと、ベルリン大学に学ぶ。

やがてかれはシベリア鉄道で東にむかい、東京にきて、帝国大学の文学科に正規に入学するのである。明治四十一年のことであった。以後、大学院修了まで六年間、東京に滞留する。

かれにおける日本語の理解は、古典から現代文学、さらには日本式の漢文の訓読まで縦横無尽だったばかりか、寄席《よせ》を通じて江戸弁をまなび、さらには歌舞伎を好み、日本舞踊まで習った。

倉田《くらた》保雄《やすお》氏に、『エリセーエフの生涯』（中公新書）という好著がある。倉田氏はこの日本学の始祖の晩年に会って、物言いの機微まで再現している。

ところで、エリセーエフは、東大の卒業前、「芭蕉研究の一片」という題の卒論を、国文学の芳賀《はが》矢一《やいち》教授に提出した。本来、かれは日本文化・文学を比較論的に大がかりにつかまえるところがあったが、「芭蕉研究の一片」は、表題からしてつつましい。
このことを芳賀教授がからかうと、エリセーエフが即座に、

「いやあ、先生、やはり卒業前ですから、おとなしくしていないとこわいですからね」

芳賀教授が大笑いした、という。以下は、前掲の本のなかの倉田保雄氏の文章である。

私が思うに、エリセーエフは寄席のテクニックで熊さんを演じながら、「大家の芳賀さん」に日本式に甘えたのではなかろうか。

秩序ある俗語を、エリセーエフは寄席で仕入れていたことになる。

話を、円朝やら逍遙やらの時代にもどす。
二葉《ふたば》亭《てい》四《し》迷《めい》[★149]（一八六四〜一九〇九）の『浮雲』[★150]（明治二十年刊）が、日本における言文一致の小説の最初のものであり、近代文学の開幕をなす作品でもあったことは、よく知られている。

★149 明治時代の小説家、翻訳家。近代小説の先駆けとなるが、文学に疑問を感じ筆を折り、内閣官報局に入る。代表作に『其《その》面《おも》影《かげ》』『平凡』など。

★150 下級官吏の青年内海《うつみ》文三《ぶんぞう》は、自我を貫き通すことで役所を免職となり、従妹《いとこ》のお勢《せい》との恋も失っていく。第一編から第三編まで発表されたが、作者が執筆を中止したため未完。

四迷に、「余が言文一致の由来」（明治三十九年）というみじかい文章がある。
自分は元来、文章下手だった、と四迷はいう。かれの文章とは、和漢の雅語をまじえた当時でいう〝美文〟のことである。
しかし「何か一つ書いてみたい」と思い、坪内逍遙のもとに相談にゆくと、逍遙は、

君は円朝の落語《はなし》を知つてゐよう、あの円朝の落語通りに書いて見たら何《ど》うか。

と、いった。四迷はいわれるとおりにした。かれ自身、『浮雲』のことを、「円朝ばり」とよんでいるほどにまねをした。
『浮雲』を書くにあたって、そのほかわずかに参考にしたのは、江戸後期の草双紙の作者式亭三馬《しきていさんば》（一七七六〜一八二二）の会話だったという。「所謂《いはゆる》深川言葉といふ奴だ」と四迷はいい、実例をあげている。

べらぼうめ、南瓜畑《かぼちゃばたけ》に落《おッ》こちた凧《たこ》ぢやあるめえし、乙《おつ》うひツからんだことを云ひなさんな。

四迷は、ロシア語学者で、ロシア文学の日本における最初の理解者だった。『浮雲』

を書いていて、文章に窮すると、ときにロシア語で書き、それを日本語に仕立てなおしたともいわれている。

本所深川を歩いていて、以上のように明治の文章語の成立のことどもをおもった。

ここで論証を節約して話を飛躍させてもらうとすると、文章語が第一期の完成をみるのは、明治三十年代末の夏目漱石ではなかったかと私は考えている。

漱石が、英文学者である以前に漢文的教養のもちぬしだったことはいうまでもない。

さらにはかれ自身、自分のなかにある日常言語を自分の秩序によって整理したひとでもあった。その秩序をつくる上で、寄席から多くのものを学んだ。かれが、同時代の三代目柳家小《やなぎやこ》さんについて「天才」といい、

「あんな芸術家は滅多に出るもんじゃない」

と礼讃した。

さきのエリセーエフは、明治末年での東京留学中、つねに和服を着、仙台平《せんだいひら》[★151]の袴をつけていた。生涯、「漱石門下」であることを誇りにしていた。

親友小宮豊隆《こみやとよたか》（一八八四〜一九六六）につれられてはじめて漱石の家をたずねたのは明治四十二年、東大二年の梅雨どきのことで、途中、雨に見舞われ、袴のもも立ちをとって漱石邸に走りこんだ。

★151 男性用の絹の袴《はかま》。仙台藩主の伊達綱村《だてつなむら》が京都西陣《にしじん》から織工を招いて技術を取り入れたのが始まりとされる。

漱石はこの情景に俳味を感じたらしく、エリセーエフがさしだした『三四郎』[★152]の本の扉に、

五月雨《さみだれ》やもも立ち高く来《きた》る人

と、書いた。こういう気息も、漱石のなかの小さん的な言語風景というものであったろう。

隅田川の橋

陸《おか》を離れて隅田川に出たいとおもい、とりあえず浅草橋まで行った。浅草橋という名があるが、浅草の繁華のあたりとは、離れている。

「浅草へゆくひとがよくまちがえて」

と、宮村教授が笑った。

★152 熊本から上京した大学生・小川三四郎の里見美禰子《みねこ》への淡い恋心を中心に描いた青春小説。

浅草橋といっても風情《ふぜい》のある橋ではなく、神田川にがっしりとかかっているだけである。神田川は三鷹の井之頭《いのかしら》池のあふれる湧き水が源流になっている。水は隅田川にそそぐ。

浅草橋は一見さえないが、しかし土木工学の宮村さんからみればいとおしみのある橋のようで、

「東京の橋のなかで、鉄の橋としては最初です」

と、欄干をなでながらいった。江戸期はむろん木橋で、明治六年に拱式《アーチ》の石橋になり、明治三十一年に日本最初のアーチ型の鉄橋になった。

江戸時代、この橋のたもとに、白堊《はくあ》の浅草橋見附《みつけ》の御門があって、江戸城の外郭のそなえをなしていた。

明暦《めいれき》三（一六五七）年正月の大火では、ここまで火がきた。

都心では江戸城にまで火がおよんだほどだったから、伝馬町《てんまちよう》の牢も火にかこまれた。牢奉行石出《いしで》帯刀《たてわき》が、まかりまちがえば腹を切る覚悟ですべての囚人を解き放った話は有名である。

「ただし、火がしずまれば下谷《したや》のれんけい寺にもどって来い」

げんに一人をのぞき、数百人がすべてもどってきたという。帯刀は囚人たちの義に感

浅草橋

じ、老中に命乞いしてすべての囚人を赦免した。ひとつには牢が焼けてかれらを収容する施設がなかったということもあったろう。一人だけ故郷の村に潜伏して帰らなかった。村人がかれを説いて後日自首させたが、帯刀はこの男だけはゆるさなかった、と明暦大火のことを書いた『むさしあふみ』（浅井《あさい》了意《りょうい》著）にある。

このように、牢奉行の責任でもって囚人を一時逃すことを〝牢払い〟といった。もう一つ話がある。その囚人たちの一部が浅草橋見附の御門まできたとき、御門の番士が囚人の集団脱走とかんちがいして、門を閉めたというのである。

これが、惨事を生んだ。市民の多くも浅草橋をめざして殺到しており、御門が閉ざされたため道筋に大混乱がおき、火にまきこまれて死ぬ者が二万人ほど出た。

まことに役人であることはむずかしい。石出帯刀のような人がまれで、浅草橋の御門の番士のほうが、むかしもいまも多い。

橋のたもとから神田川のコンクリート壁に沿っておりてゆくと、何軒かの船宿がある。

私どもはそこから船に乗った。

趣向としては隅田川をさかのぼって千住《せんじゅ》大橋までゆき、あと、橋々をながめつつ流れをくだろうというものだった。

宮村さんは、専門が土木工学だけに、川がすきである。さらには本所深川《ほんじょふかがわ》人だけに、隅田川を母のようにおもっている。

「夜、一人で隅田川を見にゆくことがあります。心がやすらぎます」

夜でないといけないらしく、昼間だと河畔の今様《いまよう》の景観が心を傷つけて、川と対面している気になれない、という。

(孔子に似ている)

と、内心おかしかった。孔子も魯《ろ》の国の川の沂《き》水《すい》を愛し、そのほとりに立って、人間がもつ時間と自然のいとなみを、感覚のなかで交叉させた。「逝《ゆ》く者《もの》は斯《か》くの如きか、昼夜を舎《お》かず」。

「ちかごろのおすもうさんに、川の名のしこ名をもつ人がいませんね。かろうじて若瀬川という人がいますが、あれは現実の川の名じゃありませんね」

と、宮村さんはこぼしたりもした。

橋梁工学も土木工学の一つだから、橋もまたこのひとにとって、こたえられない愛の対象らしい。

十数年前、宮村さんにさそわれて、きょうとおなじように隅田川に船をうかべ、橋々の見物をしたことがある。

そのとき宮村さんが、

隅田川の屋形船

「隅田川の橋は、近代橋梁の博物館なんです。じつにさまざまなタイプの橋があります」

といって、橋をくぐるたびに、その橋の由来や型について説明してくれた。

隅田川は荒川下流の分流である。

だから、海に入るまでの流路はわずか二十三・五キロメートルにすぎないのだが、そこにかかっている橋は、人の往来のためでない鉄道の橋や、ガス管をわたすだけの橋、高速道路の橋、水道管だけがわたっている橋をふくめて三十五もあるらしい。

まことに様式はさまざまである。

上にむかって弓形に反《そ》ったアーチ橋から、力のみなぎったような桁《けた》構えのトラス(truss)橋、また主桁《しゆげた》と橋脚を力強く連結させて一体化しているラーメン(Rahmen)橋や、それらの変種など、専門家からみればこたえられないものらしい。

水上遊覧船が、上下している。波をおこして私どもの船をあおってゆくその一隻を宮村さんは見送りながら、

「来年は、新入生全員をあの船にのせたいんです」

といった。

つまり関東学院大学工学部土木工学科に入学した学生を船にのせ、かれらに隅田川を

アーチ橋

上下する体験をさせることで土木への親しみをもたせたい、というのである。この川をみるだけで、治水のこと、護岸のこと、ゆくゆく親水性のゆたかな河川工学を育てること、さらには橋梁のことなどが語れるわけで、いい学生なら生涯の主題をこの入学行事でつかむにちがいない。

私どもの船は屋形舟という古典的な形をとりつつ、エンジンをつけている。

船内いっぱいに薄べりが敷かれて、座敷めかしくつくられている。

宮村さんはその座敷に地図をひろげて、素人の私に、猫に小判のような講義をしてくれた。

家康以来、江戸を出水から守るために、幕府は関東の水系にさまざまな手を加えつづけた、と宮村さんはいう。

隅田川の場合、その流れに沿い、いくつものV字状（漏斗《ろうと》状といってもいい）の堤《つつみ》が築かれていたという。

江戸期、隅田川の上流は利根川（いまは荒川）だったが、その利根川に、右岸側には中条堤、左岸側には文禄堤とよばれるものが築かれていて、利根川が洪水をおこしたとき、この左右の堤がなす漏斗の口からよりすくなく下流の隅田川に流した。

「ですから、よほどの異変がないかぎり、隅田川は安全でした」

トラス橋

ラーメン橋

そのよほどの異変が、天明《てんめい》三（一七八三）年七月におこった。

信濃国《しなののくに》の浅間山が大噴火をおこしたのである。

浅間山は数百年ごとに大噴火をくりかえしてきたが、天明のこの変異は、最後の大噴火とされる。もっとも今後、なお最後があるかどうか、ゆくすえのことはよくわからない。

古記録を採集した『日本災異志《にほんさいいし》』（小鹿島果《おがしまはたす》編）の「噴火の部」によると、浅間山の噴煙が、その年の春ごろからつねよりも多かったという。六月二十九日ごろから、黒煙空をおおい、火焔《かえん》電光のようで、七月に入ってから昼夜地震をともなった。さらには砂礫が雨のように降り、七日大爆発した。

八日、〝熱湯〟がにわかに湧き、三十五カ村、戸数四千戸、人数三万五、六千が、熔岩流の下になった。

灰砂は関東一円にふりつづき、山野に堆積した。

宮村忠《みやむらただし》氏の「隅田川の移り変り」（『隅田川の歴史』かのう書房刊）によると、この灰砂で利根川の河底が三、四メートルもあがった、という。

それまでは、前掲の中条堤や文禄堤などがよく機能して、利根川は安定していたのだが、以後そうではなくなった。

さらにまずかったのは、これより前、寛永六（一六二九）年、利根川が熊谷《くまがや》（埼玉県）の久下《くげ》で締めきられて、荒川が形成されていたことである。

隅田川は、そのときから荒川を上流とするようになり、洪水のときは荒川にあふれた水がいきなり隅田川にながれるようになった。

そんなわけで、幕府は隅田川の危険を減らすために、さかんに工事をおこし、流れに沿って、ここでも漏斗状の堤を築いた。

吉原通《がよ》いの噺にしきりに出てくる日本堤《にほんづつみ》が、そのうちのひとつであった。俗に吉原土手といい、また土手八丁ともよばれた。昭和二（一九二七）年、震災復興工事のときに取りくずされた。

もっとも日本堤の原形は浅間噴火以前からあり、最初の堤は大坂夏ノ陣★153がおわったあとの元和《げんな》六（一六二〇）年に築かれた。

明暦の大火のあと、べつに山谷《さんや》から聖天《しょうでん》町にかけて築堤され、堤が新旧二本になったところから、二本堤、転じて日本堤になったという。

対岸には、隅田堤があった。向島の三囲《みめぐり》神社あたりから東南にのびていた。

千住には、千住堤があった。

これらが、江戸市街を洪水からふせいできた。

★153 元和元（一六一五）年、徳川氏が豊臣氏を攻め滅ぼした戦い。大坂冬ノ陣で結んだ和議の内容を無視し、徳川方が大坂城の内堀を埋めたため、戦いが再開された。大坂城は陥落し、豊臣秀《ひで》頼《より》とその母淀殿《よどどの》の自刃によって豊臣氏は滅亡した。

宮村さんの前掲の文章によれば、近世・近代を通じ、江戸・東京の市街地が水害をうけた事例は、それほど多くないそうである。

昭和二十二年になって、大水害があった。すでに江戸期の堤《つつみ》がとりのぞかれていて、江戸を守った堤による除水という神通力は消えていたのである。その後、隅田川は、護岸された。

「本所深川についても、そうなんです。よく水に浸《つ》かるといいますが、言いすぎなんです。本所深川の水は、そこに降った雨だけの水なんです」

と、宮村さんはいった。これが言いたかったのにちがいない。

千住大橋がみえてきた。

隅田川がまがっている両岸の低地を千住という。

江戸から奥州《おうしゅう》（あるいは日光や水戸）へゆく最初の宿《しゅく》があったところである。

江戸時代、幕府は隅田川に五橋（千住大橋、吾妻《あずま》橋、両国橋、新大橋、永代橋）を架《か》けた。

ふつう、城下町防衛のみを考える場合、河川に橋をかけることをしなかったのだが、江戸は防衛という配慮要素をはるかに越えるほどの都市機能をもち、人馬や商品の出入りが旺盛すぎたのである。

千住大橋

家康の関東入部は天正十八（一五九〇）年で、その四年後の文禄三（一五九四）年に早くも千住大橋が架けられている。

普請奉行は、関東郡代伊奈忠次《いなただつぐ》だった。

橋梁の用材は、奥州第一の大名である伊達政宗が用立てた。まだ豊臣政権下ながら、政宗としては家康に入魂《じっこん》したかったのだろう。

橋杭《はしぐい》の用材は、犬槇《いぬまき》がつかわれた。

犬槇の材は黄褐色で色もよく、木目がとおって美しくもあり、なによりも水腐れがすくないとされる。その適地は房総半島以西の暖地で、いまでも沖縄に多く、仙台ではすくないというから、政宗は現金であつめたのにちがいない。

千住大橋は江戸時代を通じ、幾度か架けかえられたが、洪水で流出するということは一度もなかったといわれる。

家康が架けた千住大橋は、運命的な橋でもあった。架けられてから二百七十四年後の慶応四（一八六八）年四月十一日、最後の将軍慶喜がこの橋をわたって退隠の地である水戸にむかったときに、江戸がおわった。

江戸期をつとめおおせたこの橋は、明治十八年七月の洪水で流失した。いかにも、江戸の橋らしい最期だった。

落橋はおそろしい。

流された橋材が、つぎつぎに下流の橋を襲うのである。右の明治十八年の洪水では、すぐ下流の吾妻橋を襲い、この橋も落橋した。そのつぎの厩橋《うまや》は、あやうくまぬがれた。さきの『隅田川の歴史』に、伊東孝氏が「隅田川の橋を探検する」という題でいい文章をかかげている。

それによると、当時、水防夫という制度があった。

千住大橋を守っていた水防夫四人が、落橋した橋材に乗って激流をくだった。下流の吾妻橋に危険を告げるためだった。

やがて吾妻橋を守っていた水防夫と巡査たちと一緒になって流材をかきよせては吾妻橋に衝突させまいとした。しかし甲斐がなかった。

かれらは二つの橋の流失材に乗って、流れている橋材を集めたり、しばったりした。

この作業に厩橋の水防夫も加わり、ついに厩橋をすくった。

いかにも、明治人らしいはなしである。いまどこの国に、こんなに勇敢で、義務感に富んだひとびとがいるだろう。

白鬚橋《しらひげばし》のめでたさ

川波の上にいる。

水が、漲《みなぎ》ってながれてゆく。色は、よく磨かれた西洋甲冑《かっちゅう》のように黒ずみながらもきれいで、隅田川がドブになったといわれた二十年ほど前のことをおもうと、存外なおもいがした。

千住《せんじゅ》から、下流にむかってひきかえした。川の上はしずかで、両岸の熱鬧《ねっとう》★154がうそのように思える。

橋が両岸のにぎわいをつないでいて、水の上はわすれられた空間らしい。

それでも、橋の上から川をながめているひとが、二、三人はいる。閑人《ひまじん》というのではなく、水を恋う人類の代表として、ながめてくれているのである。

「橋は、いいですね」

宮村教授がいった。

★154 大勢の人で混雑していること。

「とくに隅田川の橋はいいですね。どの橋を見ていても、倦きることがありません」

橋についての先進文明は、ローマと中国だった。

ローマの文明は、ひとことでいえば土木文明であった。とくに石造アーチの水道橋を各地でつくることによって、当時未開だったヨーロッパのひとびとを驚倒させ、ローマの力に服させた。

ローマがほろんだあと、ヨーロッパではあたかも文明が退行したように、ながいあいだ長大な橋が架けられることがなかった。

その熱がふたたびヨーロッパにおこるのは十二、三世紀ごろからである。

十二、三世紀、ヨーロッパ各地に石造のアーチ橋を架けてまわったのは、キリスト教の修道僧だった。ローマ文明にかわって、ローマ・カトリックが、似たような文明事業にのりだしたのである。架橋奉仕団というものだった。かれらが遺したものとして、いま南フランスの通称〝アヴィニョンの橋〟がある。

すでにローマの架橋技術の伝統は絶えていたから、架橋奉仕団の技術は、十字軍の成果としてのイスラム文化の受容によるものらしかった。私は〝アヴィニョンの橋〟を写真で見ただけだが、なかば崩れていて、いかにも人類の遺産という感じがする。

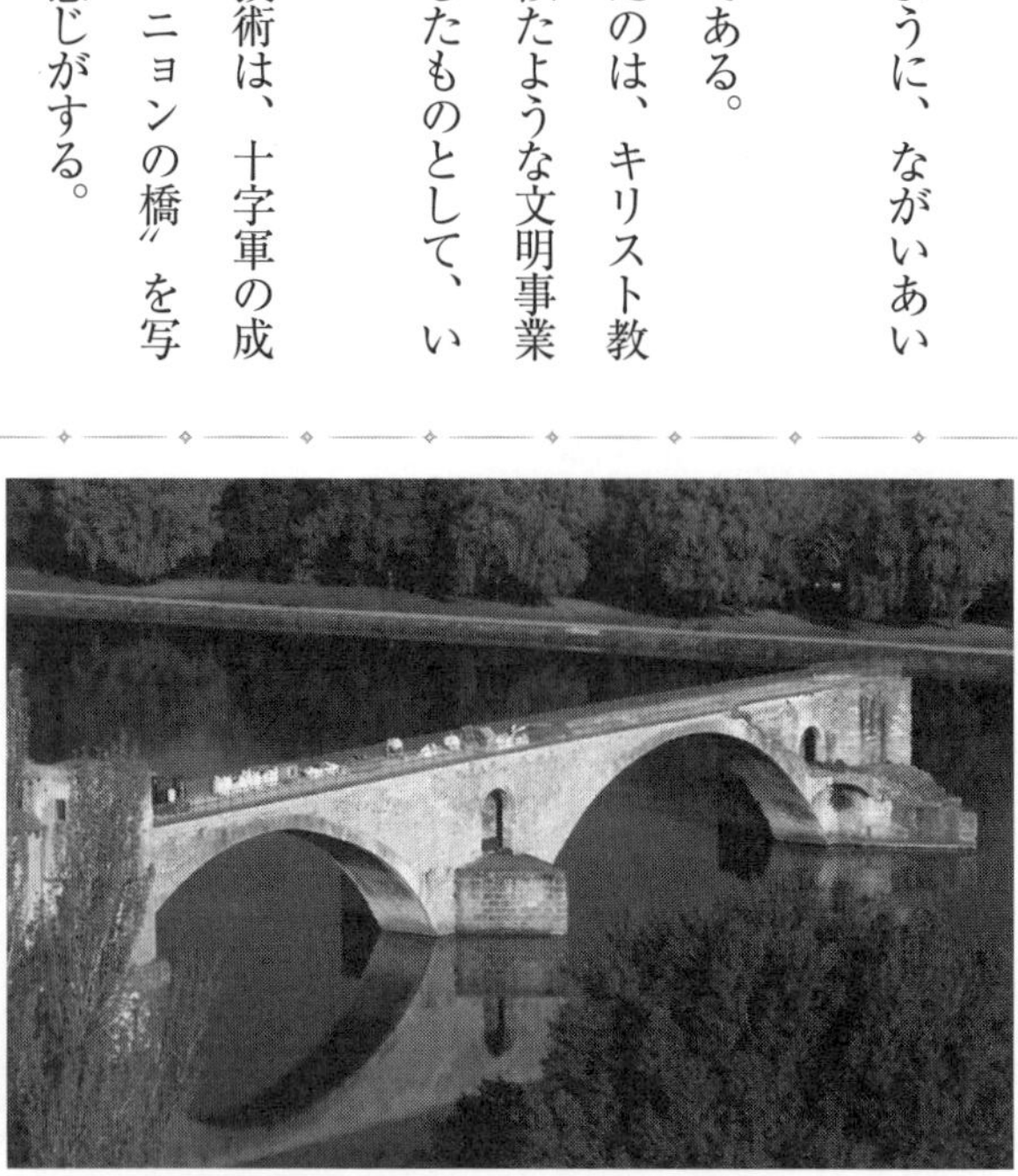
アヴィニョンの橋（サン・ベネゼ橋）

中国の場合、橋の歴史はふるい。

紀元前にすでにアーチ橋があり、また形式もさまざまだったらしい。

紀元前、秦の始皇帝が★155渭水《いすい》に架けた長大な橋は、木造の桁橋《けたばし》であるようだった。橋柱が七百五十本もあったそうで、まさに桁ちがいといっていい。

日本はこのあたり、後進的で、橋で国家の偉容を示すというほどのものはなく、かろうじて平安時代、京の郊外の宇治と山崎と勢多《せた》に大きな桁橋がかけられていたことが、まずまずの誇りといっていい。

橋は、王朝の盛衰を示すものなのである。

大きな橋は、国費でなければ建造もできず、維持もできなかった。なによりも中央政権の安定が必要で、いわば太平の象徴でもあった。

右の三大橋も、平安末期の源平のあらそいのあたりから衰えはじめ、ついには維持の資力がなくなり、中世のころは架橋技術の伝承さえ心もとなくなった。

右の構造的な名橋が再建されるには、はるかなのちの織田信長の出現をまたねばならなかったのである。信長が再建したのは、琵琶湖にかかる瀬田の大橋であった。

ついで豊臣秀吉も、その政権のいきおいを示すために、京の加茂（鴨）川にはじめて岸から岸への大橋をわたした。それまでは、川の中洲まで板橋をわたし、中洲からむこ

★155 中国の陝西《せんせい》省を流れる黄河《こうが》の大支流。

う岸に板橋をわたしていた。洪水になれば流れ、またかけなおすという、ごく簡便なものだった。

要するに秀吉が架けたのは、三条大橋だった。橋の脚には石がもちいられ、日本最初の石柱橋といわれた。ともかくも世間の耳目《じもく》をおどろかせたというから、政権の誇示にはうってつけだったろう。

江戸期には、長崎に中国から導入された石造アーチ橋がつくられたり、また岩国藩が世界唯一の木造アーチ橋をつくったりした。

江戸期には、日本三名橋といわれたものに、右の錦帯橋《きんたいきょう》と日光の神橋《しんきょう》と甲斐の猿橋《さるはし》があったが、いずれも木造の橋で、規模よりも技術が精緻になって、工芸化していたといっていい。

錦帯橋を架け、かつ維持していた岩国藩というのは毛利氏（長州藩）の支藩で、参覲交代の義務がなかったから、藩の財政はよそよりは楽だった。それに、西国大名が参覲交代のとき、この橋のそばをとおるのである。

「なんと結構な橋だ」

と、諸大名がほめるので、維持を怠ることができなかったといわれている。橋が、政権の見栄《みえ》であったことは、この一事でもわかる。

現在の三条大橋

現在の錦帯橋

日本の橋梁が圧倒的にかわるのは、いうまでもなく明治になってからである。当初は外国からまねいた技術者に依存した。伊東孝氏の『東京の橋』（鹿島出版会刊）によると、皇居吹上御苑のなかの「山里の吊り橋」という鉄製の橋が、明治三年の架橋で、外国人設計のものだという。

明治政府のやり方は、どの分野においても、はじめは外国人の学問や技術にたよった。並行して日本人の留学生を外国に派遣して摂取させるのである。かれらが帰国後、外国人学者や技術者らと交代させるというものだった。橋梁の分野でも、明治の〝法則〟どおりであった。

そのような交代は、いろんな分野で明治十五、六年から同二十年代におこなわれた。橋梁の場合、原口要《はらぐちかなめ》というひとがアメリカに留学し、帰国後、東京府技師長になり、明治十五（一八八二）年、鉄製の高橋《たかばし》（江東区）をつくり、また同十七年、浅草橋、同二十年、吾妻橋をつくった。

ところで、日本の橋梁を大きく変えてゆくのが、大正十二（一九二三）年の関東大震災だった。

とくに隅田川の橋に重点がおかれた。隅田川の橋という橋が、あたらしい様式と技術で架けかえられるのである。日本技術史上の大きなエポックであったといっていい。

現在の神橋

現在の猿橋

この場合、後藤新平《ごとうしんぺい》（一八五七〜一九二九）の存在をわすれることができない。

この大いなる開明家は、安政四年のうまれで、★156水沢藩出身である。医者の出で、愛知県立病院長だった明治十五（一八八二）年、岐阜で暴漢に襲われた★157板垣退助《いたがきたいすけ》を治療した。板垣は医者としての後藤よりも、その才幹のかがやかしさに気づいた。

後藤はそのあと内務省御用掛になり、官界に入った。

のち、台湾総督になった★158児玉源太郎《こだまげんたろう》（一八五二〜一九〇六）に見こまれて台湾民政長官になり、みごとな治績をのこした。児玉が日露戦争の野戦軍総参謀長として満洲にわたるとき、自分のあとに変なものが総督になってせっかくの治績をこわすことをおそれ、総督在任のまま戦場におもむいたのは、有名なはなしである。そのとき、総督の印を後藤にわたし、いっさいをゆだねた。

以後、後藤は逓信大臣になったり、外務大臣をつとめたりしたが、大正九（一九二〇）年、東京市長になった。市政が停滞していて、後藤を必要としたのである。

後藤は渾身《こんしん》の企画家で、ときに大風呂敷などといわれた。

かれは市政に展望をひらくために第三者の目が必要であるとおもい、大正十一（一九二二）年、アメリカの政治学者で、ニューヨーク市政調査会理事のチャールズ・A・ビアード博士（一八七四〜一九四八）をまねき、東京市顧問とした。ビアードは行政と歴史にあかるく、知的世界の第一人者といわれた。後藤はビアードに、

★156 江戸時代に現在の岩手県奥州市に存在した藩。

★157 一八三七年〜一九一九年没。幕末〜明治時代の政治家。自由民権運動を指導し、自由党を結成する。第二次伊藤内閣、第一次大隈《おおくま》内閣で内務大臣を務めた。

★158 明治時代の軍人。台湾総督を務める間、陸軍大臣や内務大臣、文部大臣も兼任した。その後陸軍大将となり、日露戦争で満州軍総参謀長として活躍する。

「東京市と東京市政のあすのために忌憚《きたん》なく意見をのべてほしい」

と、たのみ、ビアードは一年余東京を見つめて、よく後藤の付託《ふたく》にこたえた。

ビアードが後藤にわたした「東京市政論」は、みごとなものだった。

ビアードは帰国の途上、広東に寄り、そこから後藤に手紙を送り、後藤が天才であることを賞讃した。たしかに後藤にあたえられるべき唯一の呼称は★159経綸《けいりん》の天才ということだったろう。

後藤は在任中に都市改造にのりだし、まず、主要道路をひろげ、大小の公園をつくろうとしたが、成果はすくなく、そのうち関東大震災がおこって、東京そのものが壊滅した。

この不幸は、東京改造の千載一遇の好機でもあった。後藤はそのあと内務大臣になり、東京の復興のために、復興省をつくろうとした。が、反対に遭って、復興院から復興局へと、しだいに規模が小さくなった。

それでも後藤の元気はおとろえず、

「東京の復興費として四十億円をつかう」

といいだして、ひとびとを驚倒させた。結局政府の復興予算はその六分ノ一の七億円になった。

この間、ビアードをふたたびよんで、その意見を徴した。ビアードは、

★159 国家の秩序を整えること。

「〃罹災地をすべて買いあげ、思いきった都市計画を断行すべきである〃また〃一切の大建築物などは後回しにして、まず大街路、公園、運河計画を優先せよ〃」（高橋裕《たかはしゆたか》著『現代日本土木史』彰国社刊）

といい、後藤と意見が一致した。

が、世間のほうがうごかなかった。すでに東京のガンともいうべき土地問題が牙をむいていて、罹災地の買いあげで一頓挫した。

後藤がこの件を帝都復興審議会にはかったところ、反対された。

北岡伸一氏の『後藤新平』（中公新書）によれば、とくに明治・大正の官僚政治家伊《い》東巳代治《とうみよじ》が反対したという。「伊東の反対は、彼自身が銀座の大地主だったからだという説がある」と、右の著作にはある。すくなくとも伊東は公よりも私を優先させたにちがいない。

後藤新平の虹のような新東京の構想はしぼんだ。

すこしは生きのこった。橋梁を一変するということであった。

後藤の気分は、東京市土木部長太田円三にのりうつった。

太田は大構想をたて、当時東大工学部教授田中豊をひきぬいて橋梁課長にした。おそらく田中にも後藤の気分がのりうつったのだろう。

ともかくも、この構想と陣容でもって、隅田川にかかる六つの橋（相生《あいおい》橋、永代橋、

隅田川にかかる橋

清洲《きよす》橋、蔵前《くらまえ》橋、駒形《こまがた》橋、言問《こととい》橋）を、世界最先端の橋にやりかえたのである。

　この六つの橋は、とくに、

「六大橋」

に称せられたりした。しかもそれぞれデザインを変え、工法まで変えたのは、日本の橋梁そのものを隅田川六大橋から一変させるという前途まで見とおしたものであった。まことに後藤的気分がみなぎっていた。

　六大橋といったが、

「隅田川十大橋梁」

というよびかたも、土木工学のほうにあるそうである。上流からいうと、言問、吾妻《あずま》、駒形、厩《うまや》、蔵前、両国、新大橋、清洲、永代、相生の十橋をいう。

　なぜ十大橋梁というのかわからないが、ぜんぶで三十以上というこの川の橋はどれもが個性的で、一つとしておなじ橋はない。

　たとえば勝鬨《かちどき》橋などは、わが国最初の跳開橋★160なのである。震災よりはるかのちの昭和十五（一九四〇）年に完成した。

　船のなかで、宮村忠氏が、パンフレットをくれた。見ると、

「みんなのチエを集めて勝鬨橋をあげる会」

勝鬨橋

★160 ちょうかいきょう＝大きな船の通過時などに上に跳ね上がる構造になっている橋。片側だけ持ち上がる一葉式と橋桁《はしげた》の中央から観音開きになる二葉式があり、勝鬨橋は後者。

という。あげるとは、跳ね橋をあげるという意味である。市民の募金であげようという。

橋は東京都が管理している。勝鬨橋はあげる機能をもちながら、世がかわって、水上よりも橋上の交通がひんぱんで、あげる必要も機会もないため、おそらく機能が錆びついているに相違ない。それを手入れするには三、四億円はかかるというから、その経費をみなで出しあってひとつあげようじゃないか、というのが、趣旨である。〝勝鬨債〟というのが出ていて、ひと口千円だという。

そのパンフレットには、勝鬨橋について、

隅田川の第一橋梁である勝鬨橋は、昭和15年に竣工しました。ユニークな橋で、かつては橋が開いていました。

しかし、残念ながら、昭和45年以来、〝あかずの橋〟になってしまいました。

……お正月とかお盆など、自動車交通量の少ない日を選んで橋をあげ、毎年の定例行事にすれば、東京の名所が復活することになります。

とある。伊東孝氏が代表で、東京観光汽船の大沢浩吉氏、作家の加太こうじ氏、編集者の島森路子氏、中央区観光協会の潘桂華氏が世話人で、まことにのどかで泰平の世ら

白鬚橋

しくていい。

千住大橋のつぎの白鬚橋は震災のあとの昭和六年に完成した橋で、アーチ橋ながら、ゲルバー式のアーチ橋という形式だそうである。

伊豆の流人《るにん》だった源頼朝が、治承《じしょう》四（一一八〇）年八月に平家を討滅すべく挙兵し、石橋山でやぶれた。

のがれて海路安房《あぼう》（千葉県）にわたり、九月十七日に下総《しもうさ》（千葉県）の側から武蔵国《むさしのくに》（東京都）に入ろうとしたが、ときに隅田川の水かさが高かった。

わたりかねて下総に滞留したのは、ひとつには川よりもいまの東京にいる江戸氏などが敵か味方かはかりかねていたこともある。

やがて頼朝は、十月二日、舟で隅田川をわたった。すでに関八州★161から風《ふう》を望《のぞ》んでかけつける者が多く、石橋山で数百人だった味方が三万という人数になっていた。

以上は★162『吾妻鏡《あずまかがみ》』などによる概要である。

物語本である『源平盛衰記《げんぺいせいすいき》』では、去就《きょしゅう》さだかならぬ地元の江戸氏や葛西氏がどうやら味方するらしいとみて、浮橋《うきはし》（船橋《ふなはし》）をつくるように命じた。

かれらは「悦《えつ》をなして」それをつくった、という。そのあたりの家々をこぼち、「浮橋の世の常に渡しけり」というのである。

★161 江戸時代の関東八ケ国の総称。相模国《さがみのくに》（神奈川県）、武蔵国、安房《あわ》国《くに》（千葉県南部）、上総国《かずさのくに》（千葉県中央部）、下総国、常陸国《ひたちのくに》（茨城《いばらき》県）、上野国《こうずけのくに》（群馬県）、下野国《しもつけのくに》（栃木県）。

★162 鎌倉時代の歴史書。幕府が編纂《へんさん》を手がけたとされており、治承四（一一八〇）年の源頼政挙兵から文永三（一二六六）年の六代将軍宗尊親王《むねたかしんのう》帰京までが記されている。

〝世の常〟というほどに、浮橋、船橋というのは、当時ありふれたものだった。いうまでもなく、舟を横ならべにしてその上に踏み板をわたすだけのものである。

その船橋がつくられたのが、白鬚橋のあたりだったという（日本河川開発調査会刊『隅田川の橋とその歴史』）。

おそらくそうだったろう。西岸に橋場という地名がのこっており、橋場であるかぎりは奥州街道に沿っていたはずである。東岸に平安時代以来の白鬚神社がある。この古社は奥州街道に面していたというから、頼朝の浮橋も、いまの白鬚橋も、ほぼ一ツ場所と考えていいかと思える。

ともかくも頼朝は隅田川のほとりで大軍をあつめ、この川をわたって西にむかうことで天下をえた。なにやらめでたそうな橋である。

思い出のまち

また陸《おか》にもどった。

本所《ほんじょ》を歩き、深川《ふかがわ》の辻々に立ったが、べつだん江戸の気分というものはない。

そういう気分は、本来、ひとびとの幻想のなかだけで息づいていたものかもしれず、幻想こそ文化かもしれないのである。

「辰巳《たつみ》風《ぶり》」

ということばがある。今様《いまよう》にいえば、深川文化のことである。深川っ子そのものが、江戸文化一般からとくにその気風を際立《きわだ》たせようとするとき、辰巳風という。いうまでもないが、深川が江戸の南東《たつみ》にあたるところからきている。

宮村忠《みやむらただし》教授の風韻にも、あきらかに辰巳風がある。要するに執着がなくて俠気があるということなのだろう。

辰巳芸者のことは、すでにふれた。

まず彼女らは羽織をはおっている。このきわだちかたは、江戸時代、羽織は男のものであったことを知らねば、よくわからない。

三代将軍家光《いえみつ》の寛永年間（一六二四〜四四）から、紋付《もんつき》羽織に袴という服装が、男の礼装になった。ただし紋付羽織に袴はある時期まで下層武士と名主★163・庄屋★164にかぎられていた。江戸中期ごろから、町人でも羽織を用いるようになった。

つまりは、羽織が男装の象徴であったのに、江戸文化がやや深まりはじめた宝暦年間

「岡場所錦絵」に描かれた辰巳芸者

★163 なぬし＝江戸時代に村政をあずかった農民。村の事務を執る組《くみ》頭《がしら》、百《ひゃく》姓《しょう》の代表者として村政を監視する百姓代《だい》と合わせて村《むら》方《かた》三役と呼ばれる。

★164 しょうや＝関西での名主の呼び方。

（一七五一〜六四）、深川の芸者が羽織をまとってお座敷に出て、江戸の評判になった。宝塚の男装の麗人をおもえばいい。さらには、

「俠《キャン》」

の精神を男装のかたちで表現しようとしたかとも思える。余談ながら、女性一般が略礼装として紋付羽織を着るようになったのは、明治以後のことである。

名までそうだった。辰巳芸者は鶴次《つるじ》といったように男名前を名乗っていた。いうまでもなく吉原などでは色をひさぐのが女郎で、芸者は芸だけを売った。が、深川では女郎がいながらも、芸者もときに色を売った。江戸・明治のころは抱《かか》えぬしは当人にそのことをなっとくさせ、証文《しょうもん》をとった。このことから深川芸者は「二枚証文」などといわれた。

そういう事情のなかにあってなお深川芸者は、

「俠《キャン》」

を誇示した。文化が人間をつくるから、本物の俠《キャン》がいくらでもいたらしい。

深川の座敷にあがってみた。

「戦争中までは、五百人はいたんですけれどもね」

と、大正六（一九一七）年うまれという女将《おかみ》さんが、こんにちのさびれようをなげい

た。

「そのころ、辰巳芸者といえばこわかったですよ。ふだんでも帯を、こうヤナギに締めてね」

気っぷがよくて、伝法《でんぽう》★165で、まがったものは釣針でもきらいというものだったろう。それが「型」だったのである。

くりかえすが、型が文化である。

「それが、いまじゃたったの八人です。もっともそのうちの五人はずっと休んでいます。だから三人」

三人が、文化をささえている。なぜさびれたんでしょう。

「売春防止法（昭和三十一年公布、翌年施行）からです。市川房枝★166さん（当時参議院議員）のお名前ばかりはわすれられませんよ」

と、手きびしかった。

三人のうちの二人まできてくれた。

巽《たつみ》やよいとこ　素足が歩く
羽織や　お江戸の誇りもの

★165 勇み肌でいなせなこと。多くは女性が男性のような言動をとることを指す。

★166 いちかわ・ふさえ＝一八九三年～一九八一年没。大正～昭和期の婦人運動家、政治家。同じく婦人運動家である平塚らいてうらと新婦人協会を設立し、女性の参政権獲得のための運動を行った。

とあるように、二人とも型どおり黒い羽織をはおっている。素足でもある。素足が、江戸以来の辰巳芸者の型である。一人が五十代、一人が四十代で、二人ともおっとりしていて、辰巳風を鼻にかけたところがなく、近所のかみさんみたいで、気が楽だった。なんだか、深川の色町も辰巳芸者も、歴史がおわろうとしているようで、つい酒の座の話も、二人の身の上ばなしになった。大瓦解のあとの新選組の生き残りのようなものである。

新選組にしては弱そうだったが、そのかわり話が正直で、正直なぶんだけ張りがない。身の上話が尽きて、世間ばなしになった。

若いほうが、新聞の投書欄で、中国人の留学生夫婦が貸し間をさがしているという記事を読み、

「戦争中の罪ほろぼしですから」

ぜひ無料でひきとってやりたいとおもったという話をした。

これこそ辰巳風のきゃんだとおもって身を乗りだすうちに、話が、相手の条件が重すぎるのでやめました、というふうになった。

女将さんは、七十代とはいえ、顔がしまっていて、姿がすっきりして、頭がいい。身動きの切れがよくて、若いころの踊りが身についており、贅肉《ぜいにく》のない話し方をした。辰巳の灯が消えようとしている、という話題になり、女将さんもそのことをなげき、

なにやら五稜郭の孤塁を守る★167土方歳三《ひじかたとしぞう》といったぐあいになった。

話がおわると、女将さんは、右手の人さし指をすっとのばした。指先のむこうに、窓のすだれがある。すだれのむこうは、戸外である。指は無言のまま低目にのびている。

「――この方角に」

と、ようやく女将さんがいった。

「マンションを建てています」

女将さんがマンションを建てているということらしかったが、当座、私はその意味がわからなかった。

ところで、私のこの稿の係の編集部員は、村井重俊氏である。

北海道うまれながら、喧嘩早くて情にもろくて、五稜郭がそこにあればやみくもに籠りそうな気配の人物だが、四カ月ほど経ってこのあたりをふたたび歩いたときは、すでにこの店はなかったという。

やはり、本所深川は、噺《はなし》のなかの世界がいい。

私は界隈を歩きつつ、実景よりも円朝《えんちょう》のことや、★168芥川龍之介（一八九二～一九二七）のことなどをおもった。

芥川も、本所の育ちである。生後九カ月で、生母の実家である本所小泉町（現・両国

★167
一八三五年～一八六九年没。新選組副長。新政府軍と旧幕府軍が戦った戊《ぼ》辰《しん》戦争（132ページ注169参照）が始まると各地を転戦し、箱館《はこだて》五稜郭《ごりょうかく》で戦死した。

★168
あくたがわ・りゅうのすけ＝大正～昭和期の小説家。東京帝国大学在学中に第三次・第四次「新思潮」（133ページ注173参照）を創刊する。短編小説『鼻』が夏目漱石《そうせき》に激賞され、文壇に登場した。代表作に『羅生門』など。

三丁目）の芥川家にひきとられて養われた。

ついでながら、芥川の実父新原敏三《にいはらとしぞう》は長州《ちょうしゅう》人で、もし生家で育っていれば長州人新原龍之介になったかもしれない。

実父敏三は山口県から出てきて京橋区入船町（当時、入船町は外国人居留地だった。現・中央区）に住み、牛乳屋を営み、家のちかくと新宿に牧場をもっていて、多少の産をなした。

芥川がやや長じて生家にゆくと、ときに叔父がきていて、長州がいかに偉大かという話をしたという。芥川は、礼儀正しく拝聴したが、かれに長州的気分が宿るということはなかった。

さらに余談をいうと、芥川の実父新原敏三は農民の出ながら、戊辰《ぼしん》★169戦争のときに奇兵隊とはべつの諸隊に志願したというから、明治維新ではいわば端くれながらにない手の一人だった。敏三の知人に、当時の知名の貴顕紳士★170もいたらしいが、そういう事情も芥川に影響をもたらさなかった。たとえば芥川には法科を出て官界を志すというところが片鱗もなかった。

芥川はいかにも本所うまれらしく、大川（隅田川の別称。とくに吾妻橋《あずまばし》から下流の通称）を愛していたらしい。

★169 新政府軍と旧幕府軍の一年半に及ぶ一連の戦い（慶応四〈一八六八〉年～明治二〈一八六九〉年）。京都で起こった鳥羽《とば》・伏見《ふしみ》の戦いから始まり、旧幕府軍の最後の拠点である箱館五稜郭の陥落によって、新政府軍が勝利し、戦いは終わった。

★170 きけんしんし＝身分が高く、名声のある男性のこと。

第一高等学校在学中、一家をあげて内藤新宿に移ってからも、「月に二三度は、あの大川の水を眺めにゆくことを忘れなかった」（『大川の水』）という。

芥川が養われ、やがて養子になってその姓を継ぐ本所の芥川家は、旧幕臣であった。もっとも旧幕臣といっても代々★171お数寄屋《すきや》坊主で寛永寺づとめだった。

そういう家だったから、家芸というものがあり、当然ながら茶道がつたえられている。また一家をあげて★172一中節をならい、養父道章《どうしょう》は相当な芸域に達していたらしい。

養母も一中節をならっていただけでなく、彼女は江戸末期の大通人《だいつうじん》細木香以《さいきこうい》の姪だったから、江戸趣味でみがかれたような家だったようである。が、芥川は、江戸趣味を敬遠したようであった。

芥川の生涯はみじかく、三十五年でしかなかった。

そのうち創作期をほぼ十年とすれば、そのみじかいあいだに百五篇もの作品を書きのこした。作品の肥痩《ひそう》についてはここではいわないが、構成・文章においては同時代に卓越し、想像力のゆたかさにいたっては比類がない。その想像力に、江戸趣味の世界は、適《あ》いようがなかった。

かれの小説の手はじめは、二十三歳、大正三年、東京帝大在学中に「★173新思潮」に発表した『★174老年』だが、下町の江戸趣味の遊芸の世界が書かれている。出来がいいとはいえない作品である。

★171 江戸幕府の職名。将軍をはじめ、幕府の役人たちに茶を調達するなど茶礼や茶器に関することをつかさどった。

★172 いっちゅうぶし＝浄瑠璃《じょうるり》の流派のひとつ。穏やかで上品な、渋い味わいの曲風が特徴。京都の都太夫一中《みやこだゆういっちゅう》が創始したが、のちに流行の場は上方《かみがた》から江戸へと移った。

★173 文芸雑誌。第一次は劇作家の小《お》山内《さない》薫《かおる》が個人誌として創刊し、第二次以降は東京大学系の同人雑誌として十九次にわたって継承刊行された。

★174 過去に遊芸と放蕩《ほうとう》に身を費やした老人「房《ふさ》さん」の、隠居後の寂寥感《せきりょうかん》をにじませる作品。

当時、江戸趣味への回帰が流行りはじめていた。

とくに地方出身の文学青年からこの種の世界が一種の畏怖感をもってみられていたが、芥川はそういう風潮にむしろ嘲笑を送っていたようで、フランス帰りの[175]永井荷風《ながいかふう》が江戸趣味に入りこんでいたことについても、これをきらっていた。

『大導寺信輔《だいどうじしんすけ》の半生《はんせい》』は、死の前々年に書かれた自伝風の作品である。

芥川は、自己を語ることにむいた作家ではなかったが、私小説が主流を占めた大正末年の風潮に抗《あらが》いがたかったのかと思える。

本所のことが書かれている。

大導寺信輔の生れたのは本所の回向院《えこういん》の近所だった。彼の記憶に残っているものに美しい町は一つもなかった。美しい家も一つもなかった。殊に彼の家のまわりは穴蔵大工《あなぐらだいく》だの駄菓子屋だの古道具屋だのばかりだった。それ等の家々に面した道も泥濘《ぬかるみ》の絶えたことは一度もなかった。おまけに又その道の突き当りはお竹倉《たけぐら》の大溝《おおどぶ》だった。南京藻《なんきんも》の浮かんだ大溝はいつも悪臭を放っていた。

★175 一八七九年〜一九五九年没。明治〜昭和期の小説家。アメリカやフランスに留学し、帰国後は美の形成を最上の目的とする「耽美《たんび》派」の中心的存在となった。代表作に『あめりか物語』など。

しかし、そういうさびしい本所を彼は愛していた、ともいう。

……回向院を、駒止《こまと》め橋を、横網《よこあみ》を、割り下水を、榛《はん》の木《き》馬場を、お竹倉の大溝を愛した。それは或は愛よりも憐みに近いものだったかも知れない。が、憐みだったにもせよ、三十年後の今日《こんにち》さえ時々彼の夢に入るものは未だにそれ等の場所ばかりである……。

芥川が、本所の家から通った中学は、府立第三中学校（現・両国高校）である。「驚くばかりの秀才」（国語漢文科の教師岩垂《いわたれ》憲徳）で、当時の制度として三月（明治四十三年）に卒業し、九月に第一高等学校第一部乙類に入学した。ところで、かれが中学を卒業して高校へ入るまでのあいだの八月に大雨が降り、本所一帯が大水に見舞われた。

隅田川の歴史においてはどうやら異例といっていいほどの大水害だった。

隅田川が、江戸に与えてきた利便ははかり知れない。しかもすでにのべたように害というものをあたえなかった。上流に日本堤その他の漏斗状《ろうと》（宮村忠氏）の堤がひとびとを溢水から保護し、さらには遊水池があったことも、市街地への氾濫をふせいできた。建設省の松浦茂樹氏の『国土の開発と河川』（鹿島出版会刊）にも、……荒川・隅田川の水が直接、溢流《いつりゅう》・氾濫して害を受けたことは、郷土史関係をはじめとする資料では見あたらない。

という。

しかも隅田川は、自然のままに流れてきたのである。

つまり、護岸されずに流れていた。現在みられるように、河岸がコンクリート壁の障壁でまもられて——いわばおむつをされたようになったのは第二次大戦後のことである。

くりかえすが、隅田川は、溢水しなかった。

「したがって、本所深川が水つきの多いところだといっても、その水はそこに降った雨だけのことだったんです」

宮村忠教授のことばをおもい出さざるをえない。

右の明治四十三年八月の大水害は稀有《けう》の規模だったというが、それでも隅田川そのものは氾濫しなかったらしい。水は上流の日本堤を乗りこえなかったというのである。日本堤はのりこえなかったが、言問堤《ことといづつみ》は決潰した。この決潰のおかげで(?)日本堤はまもられ、「約一尺程減水」(『国土の開発と河川』)して、浅草方面や本所深川が水底に没することからまぬがれたという。

江戸期の土木計画がいかにすぐれたものであったか、この一事でもわかる。

が、浸水はあった。

芥川家も江戸期からの屋敷が浸水で住めなくなったようで、内藤新宿二丁目の新原家の持家に越してしまい、本所を離れた。

本所は芥川にとって、思い出だけのまちになった。

回向院《えこういん》

水の上に、話をもどす。

両国橋の橋影を波の上から見るのをたのしみにしていた。が、いまの両国橋はみごとなほどすっきりしていて、古めかしい詩情をよせつけない。

ロマンティックなアーチでなく、簡潔な桁橋《けたばし》なのである。桁橋のなかでも力学そのものといったゲルバー式（Gerber＝ドイツ人。この構造を一八八六年に考案した）であるため、硬質のペンで横に線を一線ひいただけのように、あっけなくもある。

両国橋

歴史的な両国橋は、歓喜と悲惨の歴史が多すぎるのである。

歴史的両国橋が、本来下総国《しもうさのくに》の低湿な洲《す》にすぎなかった本所深川《ほんじょふかがわ》を江戸とつないだ最初の橋だったことはすでにのべた。寛文元（一六六一）年、幕府によってこの橋がかけられるまでは、隅田川をわたるのは渡し舟だけだった。

まだ橋がなかったころ、明暦三（一六五七）年の大火があった。

その四年後に両国橋が架橋されるのだが、架橋にあたって明暦三年の大火の教訓が、都市設計的に生かされた。

橋の両側に大きく火除地《ひよけち》がとられたのである。動機は防災なのだが、〝広小路《ひろこうじ》〟としてできあがってみると、都市広場として活用された。都市に広場が必要だというヨーロッパでの常識は日本にはなかったのだが、広小路がその役割をはたした。

この広小路での夏の川開きの花火は、有名だった。それにこの広場に寄席、見世物小屋、芝居小屋がたちならび、また回向院境内では、大相撲が興行された。この広場が江戸文化を育てる上でどんなに役立ったかはかり知れない。

江戸期の両国橋は明治後もつかわれた。

両国橋の最初の不幸は、明治三十（一八九七）年八月の花火だった。

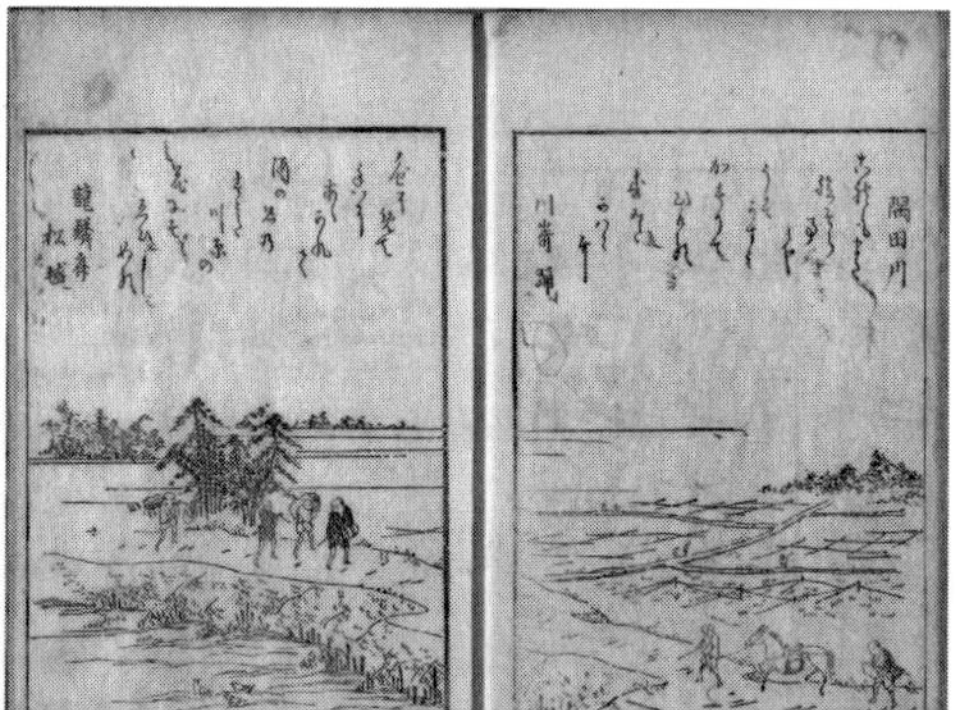
十返舎一九『江戸名所図会』（隅田川）

見物衆が橋上にひしめき、ついに欄干がくずれ落ちた。多くの人が川に落ちて死んだ。ともかくも木橋は弱いということで、明治政府は鉄製のトラス橋（明治三十七年竣工）に架《か》けかえたのである。

ただし、橋の位置を上流へ二〇メートル移した。このため橋畔の広小路（広場）は消滅した。いまの橋は、そのあと、震災後に架けかえられた（昭和七年竣工）もので、橋畔に広場をともなっていない点、明治三十七年の両国橋とかわらない。広小路はほろび、江戸は遠いものになった。

橋からすこし離れたところにある回向院の境内に入ってみた。

明暦三年の大火のとき、焼死者は十万を越えたといわれるが、そのおびただしい無縁の死者を、幕府は当時牛島新田といわれたこの地に大穴を掘って埋葬し、徳川家の菩提寺である芝の増上寺《ぞうじょうじ》から所化《しょけ》をよび、寺をたてさせた。当初、無縁寺とよばれ、院号を回向院といった。『玉露叢』によると、埋葬された人の数は十万七千四百四十六人だったという。

境内に入ってほどなく、

「万霊供養霊場」

という古い碑があるのをみた。碑の側面に、明暦三年大火災殉難者十萬八千余人、と刻まれ、あわせて、安政二年大震火災殉難者二萬五千余人とも刻まれている。

江戸は、災禍の街だったともいえる。さらには大正十二年の大震災の被災者の墓もあり、このほうは、

「大震災横死者之墓」

とある。ほかに、「浅間嶽《あさまだけ》大火震死者供養」「信州《しんしゅう》・上州《じょうしゅう》 地変横死之諸霊魂」また、

「勢州白子《せいしゅうしらこ》戎屋《えびすや》専吉船溺死者供養」……。

ともかくも、回向院は、明暦三年の大火以来、この街が生みだすすべての無縁の死者が葬られるようになった。たとえば、洪水のために隅田川に漂う水死者も両国橋あたりで引きあげられ、ここに葬られた。

牢死者も葬られた。ただし、死刑囚はこの本所回向院の別院である小塚原《こづかっぱら》の回向院に葬られた。

「鼠小僧の墓」

という墓がある。この人は死刑囚だったのだが、例外らしい。

鼠小僧《ねずみこぞう》次《じ》郎《ろ》吉《きち》（一七九七?～一八三二）という江戸時代の盗賊は天保三（一八三二）年、江戸小塚原の刑場で刑死し、そこに無縁の者として葬られたが、やがてこの本所回向院

にも墓ができた。おそらく市井《しせい》の人気によるものだったのだろう。鼠小僧については、『視聴草《みききぐさ》』という本の記述がもっとも早い時期らしい。

この本は、宮崎成身という、牛込神楽坂《うしごめかぐらざか》に屋敷をもつ旗本（先手組組頭）が、見聞したり、本で読んだりした奇談を書きとめて冊子としたもので、その本の序文に天保元（一八三〇）年とあるから、鼠小僧がまだつかまらず、巷《ちまた》のうわさのなかで活躍中だったころである。

その『視聴草』によると、鼠小僧は文政六（一八二三）年以来、十年にわたって九十九カ所の武家屋敷に百二十二度も忍びこみ、三千両あまりも盗んだという。盗んだ金は飲み食いや遊興につかったといい、その後にあらわれる講談・戯曲にあるような、貧民にわかちあたえたという形跡はない。

義賊に仕立てられてゆくのはずっとあとのことで、講釈師の二代目松林伯円《しょうりんはくえん》（一八三二～一九〇五）によるところが大きかった。伯円は白波《しらなみ》（泥棒）ものがうまかったので、〝泥棒伯円〟などといわれた。

ついでながら、伯円は武士の出だった。

本名を若林義行といい、常陸下館《ひたちしもだて》藩の郡奉行《こおりぶぎょう》の子にうまれ、彦根藩絵師の養子になっ

回向院にある鼠小僧次郎吉の墓

たが、講釈好きがたたって離縁され、叔母の嫁ぎ先である幕府作事奉行若林市左衛門にひきとられた。

なにしろ旗本若林家の縁者なのである。旗本や、ときに大名がかれをまねいて講釈をきいた。伯円自身、武士屋敷の防御や間取りにあかるくなったはずである。

まねかれたなかに筒井伊賀守という大身《たいしん》の旗本がいた。伊賀守は壮年のころ町奉行をつとめ、鼠小僧を裁いたという。

義賊としての鼠小僧が圧倒的に有名になるのは、河竹黙阿弥《かわたけもくあみ》が書きおろして安政四（一八五七）年の正月から百日以上も市村座でうちつづけられてからであるという。「江戸中の人気を独り占めにした感があった」と、河竹繁俊《しげとし》『河竹黙阿弥』（吉川弘文館刊）にある。

本所育ちの芥川龍之介も、回向院境内にはよくあそびにきたという。

芥川はこの境内に鼠小僧の墓があることは少年のころから知っていたようで、大正八年、二十八歳のとき、『鼠小僧次郎吉』という短編を書いた。

すでに匠気がにおっていて、作品としていいものではないが、作中の江戸弁がみごとなものである。

江戸弁といっても、遊び人の江戸弁である。三人の重要登場人物のうち、一人は深川のことばをつかう。いずれも、なまのことばが手彫りのようにたんねんに活字として再現されており、芥川の言語感覚がどういうものだったかが想像できる。

はなしは、鼠小僧が盗賊姿で出ているわけでなく、船宿で二人の遊び人が酒を飲んでいるだけの設定である。一人が、他の一人を立てて、

「親分」

とよんでいる。むろん親分子分の関係ではなく、貫禄のちがいが、そうよばせている。一方、〝親分〟とよばれているほうは身なりがよく、小肥りで苦味《にがみ》ばしって、やや凄味がある。

その〝親分〟は、〝盆莫蓙《ぼんござ》の上の達《た》て引《ひ》き〟のために三年ばかり江戸を売って、ひさしぶりで江戸に帰ってきた。早々に船宿で飲んでいるのである。

旅先での回想談になる。〝親分〟は、道中、けちな胡麻《ごま》の蠅《はえ》と道づれになった。ついには、相宿になった。夜中、胡麻の蠅が、〝親分〟の枕さがしをする。〝親分〟はひっとらえて旅籠《はたご》の亭主にひきわたしたところ、胡麻の蠅は、急にいばりはじめて、

「……如何にも江戸で噂の高え、鼠小僧とはおれの事だ」と大ぼらを吹く。

このほらには、旅籠の番頭も加勢にきた力もちの馬子《まご》★176もおそれ入ってしまう。

〝親分〟は二階から降りてきてこの意外な展開におどろき、威をもって胡麻の蠅をおさえ、凄味をきかせつつ諭すと、胡麻の蠅は凋《しぼ》んでゆき、やがて本性《ほんしょう》そのままのコソ泥に

★176 馬の背に人や荷物を乗せて運ぶことを職業としている人。

なって平身低頭する。

船宿の場面にもどる。

〝親分〟は語りおわって、「話というのはこれっきりよ」といって、膳の上の猪口《ちょく》をとりあげる。

酒の相手の男がおなじ遊び人でも〝役者が二三枚落ちる〟だけに口も軽く、空威勢《からいせい》がよくて、そのうえ鼠小僧をばかひいきにしている。

はなしをききおわってから、この男は、はなしのなかの胡麻の蠅に怒りだす。騙《かた》るにもこと欠いて鼠小僧の名を騙ったことに腹をたて「私《わっち》だったらその野郎をきっと張り倒していやしたぜ」と〝親分〟の同感をもとめる。

〝親分〟とよばれているその男は、内心いい気持でいるらしい。

ことさらに苦笑して、「何もそれ程に業《ごう》を煮やす事は無え」とおさえ、「あんな間抜な野郎でも、鼠小僧と名乗ったばかりに、大きな面が出来たことを思や、鼠小僧もさぞ本望だろう」と鷹揚《おうよう》にいう。

二三枚落ちる相手が、なおも不服で、そんなけちな胡麻の蠅に鼠小僧を騙られちゃ、とじれったがる。

言い争いがつづく。〝親分〟といわれている男は、★177結城《ゆうき》の単衣《ひとえ》に、★178古渡《こわた》りの★179唐桟《とうざん》の半纏《はんてん》を羽織っている。やがて微笑を含みながら、

★177 茨城《いばらき》県の結城地方で主に生産される、結城紬《つむぎ》という絹織物で仕

「はて、このおれが云うのだから、本望に違え無えじゃ無えか。手前《てめえ》にゃまだ明さなかったが、三年前に鼠小僧と江戸で噂が高かったのは――」

と云うと、猪口を控えた儘、鋭くあたりへ眼をくばって、

「この和泉屋の次郎吉のことだ」

それだけの作品である。

作品のなかで、胡麻の蝿が道中、〝親分〟に近づいてくるときは堅気《かたぎ》の小商人《こあきんど》をよそおっていた。道づれになった〝親分〟のことを〝旦那〟とよびつづけた。むろん、かもにするためである。

「時に旦那は江戸でござりやしょう。江戸はどの辺へ御住《おすま》いなせえます」

このあたり、堅気のことばである。堅気でも、すこし卑しい。

〝親分〟は、ゆったりとかまえている。

「茅場町《かやばちょう》の植木店《うえきだな》さ。お前さんも江戸かい」

「へえ、私《わっし》は」

と、いう。この場合、わっちといわず、わっしというあたりが、小商人である。

「深川の六間堀《ろっけんぼり》で、これでも越後屋重吉と云う小間物渡世でござりやす」


立てられた一重《ひとえ》の着物。伝統的な技法で作られる結城紬は、紬の最高級品とされている。
★178 室町時代より前に外国から伝来してきた貴重品。
★179 紺地《こんじ》に赤や浅葱《あさぎ》などの細かい縞《しま》を織り出した綿織物の半纏。もとはインドからもたらされたもの。

ございやす、ということばをこの男はつかう。ございますといえば大店《おおだな》の番頭ことばだが、旅商いをするような男だから、すこしくだけてございやすというようである。『日本国語大辞典』によると、ございやすは近世前期では遊女の言葉だったのが、後期江戸語では一般語になった、という。

ところで、芥川は、『鼠小僧次郎吉』のなかでは、登場人物のたれにも「です」ということばを使わせていない。

「です」

というのは、明治後多用されるようになったことばである。

江戸時代はほとんど使われず、江戸期の「です」は、遊里や芸人のことばだったという。遊里や芸人たちは、本来、でございます、というべきところを、であんす、とちぢめて言い、さらにみじかくして、です、といった。

です、がどういう源流をもち、どのようにして明治後の日本語のなかで圧倒的な共有性をもつようになったかについては、さまざまに考察があり、ここではふれない。

ここではあらっぽく四捨五入して「です」は明治語であるとしたい。

芥川龍之介が『鼠小僧次郎吉』のなかの登場人物たちに「です」をつかわせていないのは、「です」をつかえばせっかく造形した江戸後期の遊び人が、明治の書生のようになってしまうからである。です、は書生風の無階級ことばだった、と考えても大きくはまちがっていない。

さらに余談になるが、芥川が平安時代を舞台とした★180『藪の中』を書いたときは、会話は明治・大正のことばである。

はなしは、一つの他殺体をめぐって、それを目撃したり、かかわったりした六人の会話が出てくる。

もっとも最後に、巫女の口を借りて死霊そのひとが語るから、それを入れると七人になる。ただし死霊のことばだけが、会話体でなく、文章語だから、ここではふれない。

何人かは、★181検非違使《けびいし》の聴取に答えるかたちをとっているために、畏れ入っての丁寧語にならざるをえない。明治・大正の丁寧語である。

たとえば死体を見つけた木樵《きこ》りは、死体があった場所について、「竹の中に痩せ杉の交った、人気のない所でございます」といい、死骸の男にその前に出会ったという旅法師も、ございます、をつかい、★182放免《ほうめん》も★183媼《おうな》も、ございます、である。

ところが、下手人とされる盗賊多襄丸《たじょうまる》は、です、をつかう。

「あの男を殺したのはわたしです」

といったふうで、あたかも明治・大正の書生ことばである。多襄丸は、いう。「卑怯な隠し立てはしないつもりです」「その時の心もちでは、出来るだけ男を殺さずに、女

★180 藪《やぶ》の中で起こった殺人をめぐる短編小説。関係者たちが事件について語るものの、その内容は食い違う。

★181 平安時代に設置された令外官《りょうげのかん》（律令のきまりにない臨時の官職）のひとつ。はじめは京都市中の殺人・強盗・謀叛《むほん》人などの逮捕が中心であったが、のちには訴訟・裁判も行い、平安時代後期には諸国に設置されて権力をふるった。

★182 検非違使に犯人探索のために使われた下部《しもべ》。

★183 年をとった女。老女。

ったのです」

を奪おうと決心したのです」「そうです。わたしはその上にも、男を殺すつもりはなかったのです」

です、をつかうと、多襄丸の口述がそうであるように、自分の行為とそのときの心理が、ごく容易に客観化できる。むろん、ございます、よりも「です」のほうが簡略で断定的なひびきもつよいから、多襄丸のふてぶてしさをにおわせるのに都合がいい。

登場する女は、死骸になった男の女房であった。夫を多襄丸に縛られ、その目の前で犯されるが、女の供述によると、手ごめにされたあと、彼女自身が夫を刺し殺した、という。とんでもない展開である。

そのように供述する女のことばづかいは、多襄丸と同様、「です」ことばである。侍の女房だから「ございます」がふさわしいのだが、「ございます」だと多少情緒が加わる。それよりも「です」体で語ると、自分の屈折した心理を自分で語るという近代人としての類型を表出しやすい。だから、明治・大正の女書生のように「です」ことばをつかうのだが、この場合、女は多襄丸とともども近代人を代表しているといえなくはない。

話が、回向院の鼠小僧の墓から外《そ》れた。

このあたりで、「本所深川散歩」を終えることにする。

［本文写真、図版　提供先一覧］

国立国会図書館（20、39、44、56、72、127、138ページ）

ＰＩＸＴＡ（29、62、116、118〈三条大橋〉、124ページ）

とくに記載のないものは、朝日新聞社および朝日新聞出版

連載・週刊朝日　一九九〇年九月二十一日号〜一九九一年十二月四日号
単行本……………………一九九二年四月　朝日新聞社刊
ワイド版…………………二〇〇五年二月　朝日新聞社刊
文庫版……………………一九九五年九月　朝日新聞社刊
新装文庫版………………二〇〇九年四月　朝日新聞出版刊

［校訂・表記等について］

1. 地名、地方自治体、団体等の名称は、原則として単行本刊行時のままとし、適宜、本書刊行時の名称を付記した。

2. 振り仮名については、編集部の判断に基づき、著作権者の承認を経て、追加ないし削除した新装文庫版に準じた。

司馬遼太郎（しば・りょうたろう）
一九二三年、大阪府生まれ。大阪外事専門学校（現・大阪大学外国語学部）蒙古科卒業。六〇年、『梟の城』で直木賞受賞。七五年、芸術院恩賜賞受賞。九三年、文化勲章受章。九六年、逝去。
主な作品に『燃えよ剣』、『竜馬がゆく』、『国盗り物語』（菊池寛賞）、『世に棲む日日』（吉川英治文学賞）、『花神』、『坂の上の雲』、『翔ぶが如く』、『空海の風景』、『胡蝶の夢』、『ひとびとの跫音』（読売文学賞）、『韃靼疾風録』（大佛次郎賞）、『この国のかたち』、『対談集　東と西』、『草原の記』、『対談集　日本人への遺言』、『鼎談　時代の風音』、『街道をゆく』シリーズなどがある。

司《し》馬《ば》遼太郎《りょうたろう》『街道《かいどう》をゆく』
本所《ほんじょ》深川《ふかがわ》散歩《さんぽ》
〈用語《ようご》解説《かいせつ》・詳細地図《しょうさいちず》付《つ》き〉

二〇一六年二月二十八日　第一刷発行

著　　者　司馬遼太郎
発 行 者　首藤由之
発 行 所　朝日新聞出版
〒一〇四-八〇一一　東京都中央区築地五-三-二
電話　〇三-五五四一-八八三二（編集）
〇三-五五四〇-七七九三（販売）

印刷製本　凸版印刷株式会社

Published in Japan by Asahi Shimbun Publications Inc.
ISBN978-4-02-251352-6
定価はカバーに表示してあります
落丁・乱丁の場合は弊社業務部（電話〇三-五五四〇-七八〇〇）へご連絡ください。
送料弊社負担にてお取り替えいたします。